उपहार

(कहानी-संग्रह)

वाणी प्रकाशन
21-ए, दरियागंज, नयी दिल्ली-110002
फोन : 011-23273167, 23275710, 41562622
फैक्स : 011-23275710
e-mail : vani_prakashan@yahoo.com
vaniprakashan@gmail.com
website : vaniprakashan.com

उपहार

श्रीनाथ

वाणी प्रकाशन का लोगो
विख्यात चित्रकार मकबूल फिदा हुसेन
की कूची से

ISBN: 81-7055-576-0

वाणी प्रकाशन
21-ए, दरियागंज, नयी दिल्ली-110002
द्वारा प्रकाशित

प्रथम संस्करण : 1997
द्वितीय संस्करण : 2007

मूल्य : 250.00

शुभम ऑफसेट, दिल्ली-110032
द्वारा मुद्रित

UPHAAR
by **Shrinath**

अनुक्रम

बेचैन करनेवाली कहानियाँ

किसी समय कथा-साहित्य में ऐसी प्रतिभाएँ चमका करती थीं, जो अभाव, विपन्नता भूख और दरिद्रता से सीधे साक्षात्कार करती रही हों। ऐसे मनीषी, जो कभी अपनी सम्पन्नता के लिए नहीं जाने गए, हमारे कथा-साहित्य को समृद्ध करते रहे। इस महादेश में गरीबी की रेखा से नीचे ही नहीं, कुछ ऊपरवाले लोग किन दारुण जीवन-स्थितियों में जी रहे हैं, इसका चित्रण कहानियों में होता आया है, परंतु धीरे-धीरे इसके कुछ साँचे बनते गए और स्टीरियो टाइप संवेदनाहीन रचनाओं से पाठकों को ऊब होने लगी। बस, इस मुकाम पर आला अफसरों, नवधनाढ्यों, अभिजातवर्ग के नमूनों और कभी सुन्दर रही प्रौढ़ाओं ने हिन्दी कहानी के आकाश को छेंक लिया। इन सब सुविधाभोगियों के लिए रचनाकर्म एक शगल है। कितने ताज्जुब की बात है कि शिखरस्थ नौकरशाह साहित्य के राष्ट्रीय ही नहीं, अन्तर्राष्ट्रीय मसीहा भी हो गए हैं। 'ऊँचे-ऊँचे घोर मन्दिर में रहनेवाली' भद्र महिलाएँ अपनी ऊब मिटाने के लिए कहानियाँ लिखने लगें तो और क्या हो सकता है।

आज के कथा-परिदृश्य का अवलोकन करें तो गम्भीर रचनाकर्म में निमग्न श्रीनाथ जैसे मौन साधकों को देख कर कुछ आस बँधती है। आम आदमी के दुखदर्दों की टीस अभी भी सुनी जा सकती है। हलाल की रोटी के लिए दिनभर जूझनेवाले संगठित और असंगठित मेहनतकश, बेरोजगार युवक जिनके सपने लगातार खण्डित होते जा रहे हैं, जोड़-तोड़ और तंगदस्ती की जद्दोजहद से भरी जिन्दगी जीती गृहणियाँ, भूख और अभाव के साए में पलता बचपन, निरन्तर छीजती मध्यवर्गीय अस्मिता, गन्दे बदहाल गली-कूचे···यही तो है हमारा गैरजादुई यथार्थ, जिससे हर सुखी और संतुष्ट कलाकार किनारा करना चाहता है। कथा ही नहीं, कविता, संगीत और चित्रकला में भी उपभोक्तावाद बुरी तरह हावी है।

श्रीनाथ ने प्रेमचंद की तरह प्रारम्भिक जीवनकाल में निम्न-मध्यवर्ग की दारुण और विडम्बनापूर्ण स्थितियों को आत्मसात किया है। सुविधाओं का धीरे-धीरे छिनते

जाना किसी भी भावप्रवण और संवेदनशील प्राणी के लिए तकलीफों की वर्णमाला से कम नहीं होता। सम्भावना के बिरवे में नई कोपलें फूटने लगती हैं; अस्वीकार्य यथार्थ कल्पना को असीम आयाम देता जाता है। ऐसे सर्जक की आत्मा से उठने वाले स्वर बड़े स्पष्ट और हृदयग्राही होते हैं। 'दधीचि का जन्म' पढ़कर देखिए। आप मेरी अवधारणा से सहमत होंगे कि जिसको पढ़कर अंदर कचोट-सी उठे, वह कहानी जिन्दगी की भट्ठी में धधकते अहसासों से उभर कर आती है। यह कथाकार की प्रतिनिधि और जीवन्त रचना है और गुलेरी जी की 'उसने कहा था' की तरह स्मरणीय। 'हिसाब', 'वर्गचरित्र' और 'अपनी जगह' उन पात्रों की तकलीफदेह प्रस्तुतियाँ हैं, जिन्हें मानवेतर समझकर नकार दिए बिना मज़े से नहीं जिया जा सकता। 'उपहार' सार्वजनिक क्षेत्र के श्रमजीवियों की मृगतृष्णाओं का कच्चा चिट्ठा है, जिसमें न्यूनतम चार परसेंट बोनस के एडवांस के लिए, 'रसीदी टिकट पर थूक लगाते हुए मैंने महसूस किया, जैसे मैं मेहनत की कमाई खानेवाला मजदूर नहीं, खैरात के लिए टूट पड़नेवाला भिखारी हूं।'

'पारस' एक युवा लड़की की मुरझाई हुई आकांक्षा के सहसा जी उठने की कहानी है तो 'एक नदी थी' एक सृजनधर्मा की अभिशप्त जीवनी का एक अंश। इस कहानी के नायक (कथाकार) रजत से जब यह पूछा जाता है कि, ''क्यों लिखते हो इतनी बेचैन करनेवाली कहानियाँ ?'' तो वह कहता है, ''शायद पात्रों से जुड़ाव और दायित्व-बोध सारी बातें तय करता है। रही तीखेपन और बेचैनी की बात, सो इस सम्मान के लिए आभारी हूँ।'' संक्षेप में, मेरी समझ में, यही श्रीनाथ का बतौर कथाकार सही परिचय है। यह इन कहानियों को पढ़कर आप समझ जाएँगे।

राजेन्द्र राव

दधीचि का जन्म

ऑटोरिक्शा लुढ़कता हुआ-सा सदर बाजार की ओर जानेवाले रास्ते पर घूमा तो मैं सूटकेस सहित सड़क पर आते-आते रह गया। अभी ड्राइवर के लिए गालियाँ चुन ही रहा था कि ऑटोरिक्शा लोगों के सैलाब को चीरता हुआ ऊबड़-खाबड़ सड़क पर जोर से उछला और मेरा सिर छत से टकरा गया। आँखों के सामने तारे-से छिटक कर रह गए। "अरे··· ! किसी की जान लेने का इरादा है क्या ?" मैं अपने चोटीले सर को हाथों से थामता हुआ चीखा। सड़क के बीचोबीच बेध्यानी से चला जा रहा बूढ़ा कुचलते-कुचलते बचा था, पर मेरी आवाज ब्रेक और हॉर्न की मिली-जुली चीखों के बीच दबकर रह गई।

"जरा सँभलकर बैठना साब, वरना चोट लग जाएगी।" ड्राइवर ने अपनी समझ से सामयिक चेतावनी दी तो मैं भड़क उठा, "गाड़ी इतनी तेज भगाते ही क्यों हो कि बार-बार ब्रेक लगानी पड़े। देखते नहीं, सड़क पर कितनी भीड़ है ?"

"···यह तो रोज का चक्कर है साब ! आप इस शहर के लोगों को नहीं जानते। इस पागलखाने में पागलों की तरह गाड़ी दौड़ाने पर ही रास्ता मिलता है, इसीलिए यहाँ रिक्शे नहीं चलते।" ड्राइवर ने यह कहकर सड़क घेरकर चलते हुए ग्रामीणों के झुण्ड के बिल्कुल नजदीक पहुँचकर जोर से हॉर्न बजाया तो वे जान लेकर इधर-उधर भागे। तभी एक झटके से ऑटोरिक्शा रुका और मैं सूटकेस लेकर उतर पड़ा।

सड़क पर तिल धरने की जगह न थी। बीचोबीच कच्चे मैदान में सब्जीवाले कतार बाँधकर बैठे हुए ग्राहकों से उलझने और मुँह मारनेवाली गायों को बारी-बारी से भगाने में व्यस्त थे। रास्ते के दोनों ओर गुमटीनुमा दुकानों में कपड़े के थान खोले-लपेटे जा रहे थे। मैं फिसलन-भरी सड़क पर सँभल-सँभल कर चल रहा था।

एक तंग-सी गली के सामने पहुँचकर मैं ठिठक गया। मकानों के नम्बर बेतरतीब-से थे। माया दीदी का बताया हुआ मकान नम्बर और संकेत-चिह्न शहर के

भूगोल से मिट गए दीखते थे। समय फिसलता जा रहा था। मैंने स्टेशन से चलते समय तय किया था कि दीदी के यहाँ सामान रखकर गांगुली के ऑफिस जाऊँगा ताकि अगली सुबह होनेवाले इंटरव्यू के बारे में कुछ जानकारी हासिल हो सके, लेकिन चार बजने को थे और इस भूलभुलैया से बाहर निकलने के आसार नजर नहीं आ रहे थे। तभी एक आदमी मुझ तक आया।

"सुनिए भाई साहब, मकान नं. 11/220 किधर पड़ेगा ?" मैंने उससे पूछा।

"किसके घर जाना है ?" उसने जवाब में पूछा।

"बाबू कृष्ण कुमार टण्डन के यहाँ।"

"क्या काम करते हैं ? किस दफ्तर में हैं ?"

"कम्पाउंडर हैं डॉक्टर गुप्ता के दवाखाने में···, अच्छा, आप तकलीफ न करें। मैं खुद तलाश कर लूँगा," कहकर मैं तेज कदमों से आगे बढ़ गया। गली के अन्दर घुसते ही तेज महक से मेरा सिर भन्ना उठा। गली के दोनों तरफ नाली के किनारे कीचड़ के ढेर लगे थे। बीच-बीच में जो जगह छूट गई थी, वहाँ कुछ स्कूली लड़के फिल्म-चर्चा में व्यस्त थे। मुझे देखकर उनकी बातचीत थम गई। मैंने उन्हें जीजाजी का नाम और मकान नम्बर बताया तो लड़कों ने गली के आखिरी छोर पर बने एक मकान की ओर संकेत किया और पुनः बातचीत में जुट गए। मुझे गन्तव्य तक पहुँचने के लिए पाँच मरकही गायों, एक खूँखार कुत्ते और एक मेनहोल से बचाव करना पड़ा।

दरवाजे पर दस्तक देकर मैं आसपास नज़र दौड़ाने लगा। चारों तरफ गन्दगी का साम्राज्य था। जिस मकान के सामने मैं खड़ा था, वह बिल्कुल खस्ता हालत में था। जर्जर दीवारों का पलस्तर जहाँ-तहाँ उखड़ गया था, लोना खाई हुई ईंटें झलक रही थीं।

तभी एक हल्की-सी कराह के साथ दरवाजा खुला और चौखट सहित गिरने को हुआ। मैं घबराकर पीछे हट गया। आठ-नौ साल का एक दुबला-पतला लड़का मेरे सामने था।

"बाबूजी घर में हैं बेटे ?" मैंने पूछा।

"हाँ," कहकर लड़का अन्दर की ओर लपका। मैं वहीं ठिठका खड़ा रहा, ठीक दरवाजे के बीच। कमरा मेरे सामने खुला हुआ पड़ा था। चारों ओर चिढ़ उपजानेवाली अस्तव्यस्तता थी। फर्श पर बिखरे पिचके-बदरंग खिलौनों से खेलती ढाई-तीन साल की बच्ची···कैलेंडरों और तस्वीरों से मढ़ी सीलन-भरी दीवारों का तंग घेरा···ऊपर लकड़ी की धन्नियों के बीच लटकता हुआ बीमार सा पंखा···एक दीवार के सहारे रखी मेज-कुर्सियाँ···उनपर अधगीले कपड़ों का ढेर···कमरे के आर-पार दीवारों में ठुकी कीलों से बँधी झूलती-सी रस्सी···उसपर फैली धोती-फ्रॉक-जाँघिए···। कमरे के दरवाजे पर ही एक अजीब-सी गन्ध ने हमला किया।

वही लड़का फिर कमरे में आया। उसने कुर्सी पर से कपड़ों का ढेर हटाकर मेज पर रख दिया और कुर्सी को पोंछकर मुझे बैठने का इशारा किया। मैंने अपना सूटकेस दीवार के सहारे टिका दिया। कुर्सी पर बैठने ही वाला था कि अन्दर खुलने वाले दरवाजे से एक नारी आकृति प्रकट हुई। माया दीदी ! पीले, विवर्ण मुख पर जड़ी दो निस्तेज आँखों में एक क्षण के लिए विस्मय चमका। होंठ खुले—"तुम ! स्टेशन से अब आ रहे हो ? इतनी देर कहाँ लगा दी ?"

मैंने उत्तर में झुककर दीदी के पैर छुए और सीधा होकर उनकी ओर देखने लगा। दस वर्षों ने चेहरे का रूप-रंग, कान्ति कुछ नहीं छोड़ा था। नुकीले चेहरे की हड्डियाँ इस अरसे में और उभर आई थीं। हैण्डलूम की मटमैली, ऊँची साड़ी में जैसे-तैसे लपेटा हुआ बदन···झूलती हुई बाँहों में उभरी हुई नसों को ढकती हुई दो-दो चूड़ियाँ···रक्त की कमी से पीली हथेलियाँ···साँस लेने की क्रिया में उठते-गिरते दुर्बल कन्धे···। यह माया दीदी थीं ? मेरा कंठ घुमड़ने लगा। खुद को सँभालते हुए मैंने पूछा, "जीजाजी कहाँ हैं ?" दीदी ने बरामदे की ओर संकेत किया। मेरा ध्यान रजाई से ढकी चारपाई की ओर गया। सर्दी दम तोड़ रही थी। ऐसे में जीजाजी का रजाई में घुसकर सोना मुझे अजीब लगा।

"जीजाजी की तबीयत तो ठीक है न ?" आश्चर्य का स्थान चिन्ता ने ले लिया।

'हाँ, डिस्पेंसरी से लौटने के बाद खाना खाकर लेटे हैं।" दीदी ने जानकारी देते हुए पूछा, "तुमने कुछ खाया ?"

"हाँ, अम्माँ ने चलते वक्त बाँध दिया था।"

"चाय पियोगे, बना दूँ ?"

मुझे जोरदार तलब लगी थी, पर न जाने क्यों मुँह से झूठ निकल गया—"रहने दो, स्टेशन पर पी चुका हूँ। अभी एक दोस्त के घर भी जाना है।"

मैं निढाल होकर कुर्सी पर बैठ गया। दीदी ने सूखे हुए कपड़ों को सहेज कर रखते हुए पूछा—पिताजी की खाँसी के बारे में, सुधा की शादी और पप्पू की पढ़ाई के बारे में। मैं दीदी की जिज्ञासाओं की बाधा-दौड़ को संक्षिप्त-सी हाँ-हूँ के सहारे तय कर डालना चाहता था, पर दीदी जानी-सुनी बातों को खोद-खोदकर पूछ रही थीं। मैंने विवश होकर करुण रागिनी छेड़ दी—दबाव, आघात और तृष्णाएँ जिसके स्थायी स्वर हैं; जिसके आरोह-अवरोह में मेरे होश सँभालने के बाद रत्ती-भर बदलाव नहीं आया है।

कुछ मिनटों के अन्तराल के बाद एक अबूझ मौन हम दोनों के बीच आकर खड़ा हो गया। कभी-कभी आमने-सामने बैठे हुए दो व्यक्ति चुप रहते हुए भी एक-दूसरे के मन की बात जान लेते हैं। जान लेने की अनुभूति वातावरण को बोझिल बना गई। कमरे में तिर आए सन्नाटे को जीजाजी के खर्राटे महसूस नहीं

होने दे रहे थे।

"आंटी जी !" दरवाजे पर सुरीले कंठों का कोरस गूँज उठा। दीदी जैसे तन्द्रा से चौंकीं। "आ जाओ," कहते ही दस-बारह छोटे-छोटे बच्चों का झुण्ड बगल में बस्ते दबाए हुए कमरे में घुस आया। मेरी कौतूहल-भरी दृष्टि अपने चेहरे पर चिपकी पाकर, दीदी कहने लगीं, "पड़ोस के बच्चे हैं। खाली समय में पढ़ा देती हूँ," कहते-कहते उनका चेहरा दयनीय भाव से ढक गया। पता नहीं दीदी की आँखों में क्या था, जिसने मेरा रोम-रोम विचलित कर दिया। उन आँखों में ढला विषाद झेल पाना मेरे लिए कठिन हो गया।

बच्चों की आवाज सुनकर जीजाजी रजाई फेंककर उठ खड़े हुए। मुझे देखकर उनके अंगड़ाई लेने की मुद्रा में उठे हाथ हवा में टँगे रह गए।

"जै रामजी की साले साहब !" उन्होंने भीतर आकर ऊँची आवाज में कहा। मैं उन्हें नमस्ते करके अपलक घूरता हुआ उठ खड़ा हुआ। दीदी बच्चों को अपने साथ लेकर चली गईं।

जीजाजी को मैंने पाँच साल पहले बड़े भैया की शादी में देखा था। उन दिनों की अपेक्षा वे काफी दुबले नजर आ रहे थे। बीमारों जैसे चेहरे पर कई दिनों की बढ़ी हुई खसखसी दाढ़ी बुरी लग रही थी। उनकी वेशभूषा देखकर मेरे अन्दर जैसे कुछ हिल-सा गया—पायजामे और अंडरवियर के बीच की लम्बाई का धारीदार उत्तरीय ...अजीब बेढंगेपन से झूलती हुई ! फटी बनियान...उसपर समय की आँधी में अपनी पहचान खो चुका खाकी स्वेटर...।

"क्या हाल-चाल हैं आपके ?" जीजाजी ने मेरी पीठ पर हाथ फेरकर स्नेह से पूछा।

मैंने 'ठीक हूँ' के अन्दाज में सिर हिला दिया।

"अच्छा साहब, आप आराम फरमाइए। हम तो चले अपनी ड्यूटी बजाने। रात में लौटकर आपसे बातें करेंगे," कहते हुए जीजाजी खूँटी से कपड़े उतार कर बरामदे में लौट गए।

सामने के खुले दरवाजे से हवा बेरोकटोक अन्दर घुस आई। साढ़े चार बजे की धूप में विदा होते जाड़े का मिजाज झेलने की ताब नहीं थी। मुझे कुर्सी पर बैठे-बैठे सिहरन महसूस होने लगी। मैं जीजाजी को कमरे से बाहर जाते हुए देखने लगा। उनकी कमीज पर वही जर्जर खाकी स्वेटर था जो उन्होंने सोते समय पहन रखा था। कमीज का फटा कालर अपनी पहचान जता रहा था। मेरा जी कचोट उठा। अपने शरीर के प्रति ऐसी निर्लिप्तता यों ही थोड़े उपज आती होगी, मैंने सोचा।

"बाबू साहब, यह देवदास जैसी सूरत बनाए क्यों बैठे हो ?" क्या इण्टरव्यू के नाम से घबराहट हो रही है ?" दीदी ने चाय के प्याले सहित आकर मेरी गम्भीर

मुद्रा को लक्ष्य करके कहा। मैं उनके हाथ से प्याला लेकर चुपचाप चाय सुड़कने लगा। मेरी गर्वीली वाक्पटुता पता नहीं कहाँ दुबक गई। मैंने महसूस किया कि दीदी के तरंगायित हो उठने का कारण खोजने में मैंने खुद को थका डाला है। मन में उमड़ रहे जिस सवाल को मैं झटककर फेंक देना चाहता था, दीदी की सहजता उसे खुद-ब-खुद जबान पर ले आई। मैंने दीदी की आँखों में झाँकते हुए कहा, "दीदी, बड़ी देर से एक बात पूछने का मन कर रहा है। अच्छा···, रहने दो। तुम भी सोचोगी कि अजीब भाई है, जो इतने दिनों बाद आया भी तो बेतुके सवाल करने।"

दीदी के चेहरे पर बनावटी गुस्सा झलकने लगा···"तुम्हें अपनी बात कहनी हो तो कहो, नहीं तो जाने दो। पहेलियाँ क्यों बुझा रहे हो ?"

मैंने झट सवाल किया–"दीदी ! जीजाजी इतनी तेज हवा में घर से बाहर गए हैं। अब शायद देर रात गए लौटेंगे। बस यही एक स्वेटर बच रहा है उनके पास ? कोट न सही, एक फुल स्वेटर ही बना दिया होता उनके लिए।"

मेरी बात सुनकर दीदी की चपलता का ज्वार थम गया। वह सहमकर मुझे देखने लगीं, जैसे किसी ने उन्हें रंगे-हाथों चोरी करते पकड़ लिया हो, लेकिन वह तुरन्त सँभलकर कैफियत देने लगीं–"मैंने तो कई बार टोका है तुम्हारे जीजाजी को, पर ये किसी की सुनें तब न ? अभी पिछले महीने रुपए निकाल कर दिए कि जाकर अपनी पसन्द का कपड़ा खरीद लाएँ, लेकिन जानते हो–इन्होंने क्या किया ? ये जाकर वीनू और दीपू की स्कूल-ड्रेस का कपड़ा खरीद लाए। कहते हैं, अब अगले जाड़ों में इकट्ठे सूट बनवाएँगे," यह कहते हुए दीदी की आँखों में हल्की-सी चमक आई और गायब हो गई। मैंने उनके स्वर् के बदलाव को लक्ष्य किया। उनमें पहले जैसा आत्मविश्वास लौट आया था।

मैं गांगुली के पास जाने की तैयारी करने लगा। पहने हुए कपड़े इंजन की कालिख और धूल में अपनी पहचान खो चुके थे। दूसरे कपड़े निकालने के लिए सूटकेस खोला तो बन्द गले का स्वेटर हाथ में आ गया, जो बीरे ने चलते समय जबरन पहना दिया था–"इंटरव्यू में लिफाफा भड़कीला रहे तो अन्दर कान्फीडेंस रहता है। तेरे कपड़े देखे हैं मैंने। तेरा भेस देखकर लोग तुझे भटका हुआ तीर्थयात्री समझेंगे। देख तो सही कितना जँचता है तुझ पर !" मैंने स्वेटर को सँभालकर रख लिया था।

दीदी की निगाह स्वेटर पर पड़ी तो उन्होंने उसे लपक कर उठा लिया। उनकी आँखें प्रशंसा से चमक उठीं–"हाय, कितनी गजब की बुनाई है और कितना प्यारा शेड है ! सुधा ने रात-रात भर जागकर बुना होगा। बहुत महँगा ऊन लगता है, नहीं ?" दीदी की जिज्ञासा मीलों लम्बा सफर तय कर गई।

'इतना कीमती स्वेटर तुम्हारे भाई को कहाँ नसीब होगा ? बस, एक दिन के लिए फटेहाली को मुँह चिढ़ाने का इन्तजाम है,' मैं क़हना चाहता था, पर दीदी के

कल्पनासुख को आघात पहुँचने के भय से चुप रह गया। ''अच्छा···चलूँ'', कहकर मैं बाहर आ गया।

''सुनो !''

मैंने पलटकर देखा। दीदी दरवाजे पर खड़ी कह रही थीं–''देखो, जल्दी लौटना। और हाँ, खाना बाहर न खा लेना कहीं। तुम्हारे जीजाजी आठ बजे तक आने को कह गए हैं।''

मैंने लौटकर जीजाजी को इन्तजार करते हुए पाया। इन दो-ढाई घण्टों में कमरे का कायाकल्प हो गया था। पलंग पर नई कढ़ी हुई चादर बिछी थी। मेज-कुर्सियाँ यथा-स्थान रखी थीं। अलगनी अपेक्षाकृत अनुशासित नज़र आ रही थी। कार्निस पर सजे हुए खिलौनों की चमक दीपक और वीनू के उत्साह की कहानी कह रही थी। जीजाजी दाढ़ी को अलविदा कह चुके थे।

मैं कपड़े बदलकर रसोईघर में चला गया। दीदी थाली परोसने लगीं। उन्होंने खासी दावत का इन्तजाम कर रखा था···पूड़ी, मटर-पनीर, मेवा पड़े मीठे चावल, दही-बड़े और···। दीदी के हाथों में जैसे मशीन फिट कर दी थी किसी ने।

मैंने हाथ-मुँह धोते हुए पूछा, ''वीनू और दीपू बड़ी जल्दी सो गए। वे लोग तो मेरे साथ खाने को कह रहे थे।''

''दीपू को सबेरे जल्दी उठना है। उसके इम्तहान शुरू हो रहे हैं कल से।'' दीदी ने पूड़ी उतारते हुए बताया।

जीजाजी खाना खाते समय मुझसे घर के बारे में पूछते रहे। मैं अन्यमनस्क सा 'जी'···'जी' करते हुए उनके सवालों से कतराता रहा। और उनकी दुनिया में भटकता रहा। दीदी जिन परिस्थितियों के बीच रह रही थीं, उनसे शाम के इस भोजन की संगति नहीं बैठती थी। क्या जरूरत थी उन्हें इतना खटराग करने की ? मैं मुश्किल से दो-चार कौर उतार सका। दीदी के पूछने पर भूख न होने का बहाना बना दिया।

चारपाई पर लेटकर 'कम्पटीशन रिव्यू' के पृष्ठ उलटने लगा। गांगुली से दूसरे उम्मीदवारों की पहुँच की सीमा जानकर इंटरव्यू की तैयारी का उत्साह खो चुका था। मैंने आँखों में कडुवाहट महसूस की। चौके से आती हुई बरतन माँजने की आवाज थपकियाँ देने लगीं। मैं कल्पना के जाल बुनते-बुनते किस क्षण नींद के झूले में झूलने लगा, कुछ पता न चला।

नींद ने ज्यादा देर तक साथ नहीं दिया। एक तो नई जगह, उस पर वीनू की लातें।

कमरे के बाहर खुला मैदान था, इसलिए हवा को खिड़की के टूटे पल्ले से अन्दर घुस आने की छूट थी। वीनू के बार-बार खींचने पर पतली सी रजाई हट जाती थी और सर्द हवा घूँसा मार जाती थी। रजाई ठीक करने की कोशिश में मैंने करवट बदली तो दबी-दबी सिसकियों की आवाज मेरे कानों से टकरायी। मैं चौंक कर उठ बैठा और अँधेरे में नजर दौड़ाने लगा। मैंने घड़ी के चमकते डायल पर निगाह डाली। साढ़े पाँच बज रहे थे। अन्दर चौके में बत्ती जल रही थी। दीदी दीपू को स्कूल भेजने के लिए तैयार कर रही थीं। दीपू शायद किसी बात पर मचल उठा था और दीदी उसे डाँट कर चुप करा रही थीं।

"तुम्हीं ने तो कहा था कि ड्रेस कल तक तैयार हो जाएगी।"

"हाँ बेटा, कैलाश मास्टर के यहाँ कपड़ा दिया तो है सिलने को।"

"तुम झूठ बोलती हो !" दीपू का स्वर तेज होता गया—"हमने कल शाम को मास्टर से पूछा था। उन्हें कोई कपड़ा नहीं दिया है तुमने।"

"चटाख !" दीदी का थप्पड़ सुबह की निस्तब्धता को रौंदता हुआ अभिशप्त परिवार को नये दिन के प्रारम्भ की सूचना दे गया। दीपू चीख उठा। उसकी डरी-सहमी हिचकियाँ मुझे कहीं गहरे तक चीर गईं।

दीपू का आँसुओं से तर चेहरा मेरी आँखों के सामने घूम गया, मानो धिक्कार रहा हो—यह सब तुम्हारी वजह से हुआ है, सिर्फ तुम्हारी वजह से। तुम्हें ठहरने के लिए और कोई जगह नहीं मिली ? तुम्हें पता है, माँ ने कितने जतन से पैसे जोड़े थे मेरी ड्रेस के लिए ! सब एक ही दिन में स्वाहा हो गए; तुम्हारे स्वागत की भेंट चढ़ गए। मुझे लगा कि जिस चारपाई पर मैं लेटा था, उसमें अनगिनत काँटे उग आए हैं। मैं तेजी से रजाई हटाकर चारपाई से उतर गया और दीपू को चौके से खींच लाया। उसका चेहरा धोकर कपड़े पहनाते वक्त मेरी नजर उसकी प्लास्टिक की बेल्ट पर गई, जिसमें कई जोड़ लगे थे।

"चलो, तुम्हें नई बेल्ट दिला देते हैं," मैंने बेल्ट उतारकर फेंकते हुए कहा। दीपू का रुआँसा चेहरा खिल गया और वह दौड़ता हुआ दीदी के पास चला गया। नाश्ता खत्म करके लौटने पर हथेली से मुँह पोंछते हुए और जूतों को किसी तरह पैर में डालते हुए उसने कहा, "मामाजी, हमें एक नया फाउंटेन पेन भी दिला देना।"

दीपू की फरमाइश पूरी हो गई थी और वह खुशी-खुशी इम्तहान देने चला गया था। मैं बाज़ार से लौटते हुए वीनू के लिए कलर-पेंसिल-बाक्स और गुड़िया के लिए चाभीवाली मोटर ले आया। वीनू कॉपी उठाकर रंगने की तैयारी करने लगा और गुड़िया खिलौना पाकर ताली बजाते हुए नाचने लगी।

इंटरव्यू देकर लौटने पर मैंने खुद को बेहद भारी और उदास पाया। सुबह वाली घटना मेरी चेतना में रह-रहकर चुभ रही थी। दीदी चौके में व्यस्त थीं, या शायद व्यस्तता का अभिनय कर रही थीं। मेरी घड़ी में सवा बारह बज रहे थे। जरा-सी

कोशिश करके डेढ़ बजेवाली गाड़ी पकड़ी जा सकती थी। शामवाली गाड़ी एक्सप्रेस थी, लेकिन घर में उतनी देर रुकना बेमानी लग रहा था। मैं चुपचाप सामान समेटने लगा। तभी दीदी किसी काम से कमरे में आईं। मुझे चलने की तैयारी करते देख ठिठक कर खड़ी हो गईं—''इतनी जल्दी ? एक-दो दिन और रुक जाते।''

मैंने जैसे खुद को समझाते हुए कहा, ''बाबूजी की तबीयत ठीक नहीं चल रही है। फिर कभी आकर इकट्ठे रह लूँगा।''

दीदी कुछ बोलना चाहती थीं, पर बोल नहीं पाईं।

मैं देख रहा था, एक कम्पन उनके गले में था, दूसरा होठों पर। बात को पी जाने की कोशिश में उनकी नासिका काँप रही थी। मुझसे आँख मिलते ही उनका चेहरा आरक्त होने लगा। एक हिचकी-सी उनके गले में फँस कर रह गई।

''अच्छा दीदी, चलता हूँ,'' कहकर मैंने दस का नोट उनकी हथेलियों में दबा दिया और कमरे के बाहर आ गया।

''घर पहुँचते ही चिट्ठी डालना। सब चीजें सँभाल कर रख ली हैं न ?'' मैं चला तो दीदी की आत्मीय हिदायतें पीछा करने लगीं। मैंने ऑटोरिक्शा में बैठते हुए एक ठण्डी खामोशी के साथ उन्हें देखा और सूने रास्ते पर आँखें टिका लीं।

शहर छोड़ते हुए मुझे एक बार फिर झटकेदार अनुभवों के दौर से गुजरना पड़ा। ऊबड़-खाबड़ गलियों में भागता हुआ ऑटोरिक्शा और सर्कस के घेरे में दर्शकों को चौंकाने का अभिनय करता ड्राइवर। राहगीरों की हड़बड़ाहट पर हँसते-हँसते मुझे दीदी के घर की अनायास ही याद आ गई और मन असम्बद्ध-से विचारों से घिर गया ···इस खींचातानी-भरी जिन्दगी में हम जैसे साधारण लोगों की इच्छाएँ कहाँ पूरी हो पाती हैं ? सब कुछ अर्थहीन है···रिश्ते-नाते, भावनाएँ, त्याग···। जहाँ हर साँस अर्थ से जुड़ी हो, वहाँ दीदी जैसे परिवार अर्थहीन हो जाते हैं। हर चीज अब फटी ही रहेगी। उसे सिलने या बदलने का प्रयत्न दुस्साहस ही कहलाएगा। फिर वह चाहे दीपू की स्कूल-ड्रेस हो या जीजाजी का स्वेटर···

स्वेटर का खयाल आते ही मेरे विचारों की कड़ी टूट गई। संवेदनाओं की छुअन जल्द ही परायी हो गई। मैंने सिर थाम लिया, जैसे अभी-अभी ऑटो की छत से टकरा गया होऊँ। दीदी ने चलते समय पूछा था, ''सारी चीजें सँभालकर रख ली हैं ?'' अब याद आया, बीरे से माँगकर लाया गया स्वेटर गायब है। सूटकेस में तो रखा नहीं था। फिर ? घर में गिर गया या···? ध्यान आया, सूटकेस तैयार करते वक्त दरवाजे पर टाँग दिया था। सोचा था, चलते समय कन्धे पर रख लूँगा। अब क्या वापस लौट चलूँ ? अगर गाड़ी छूट गई तो ? पर बीरे की चेतावनी याद आई—''इसे जान की तरह सँभालकर रखना, वरना जान ले लूँगा।'' वह क्या सोचेगा

मेरे बारे में ?

"रुको !" मैंने ड्राइवर को आवाज दी—"जरा स्कूटर वापस ले चलो। एक जरूरी सामान छूट गया है।" ऑटो एक झटके के साथ रुक गया और पीछे लौटने के लिए मुड़ने लगा। मैंने सीट से गरदन टिकाकर आँखें मूँद लीं। ऑटोरिक्शा चल रहा था, पर लगता था कि वह किसी खाई में गिरने को है। मन के कोने में एक नुकीली-सी चीज चुभ रही थी। दिमाग को खूँटे से खोलकर खुला छोड़ दिया था, पर वह अन्धे बैल की तरह एक ही जगह चक्कर लगा रहा था। मुझे लग रहा था कि अभी इसी क्षण कुछ अप्रत्याशित घटित होगा, जिसकी मैं मन-ही-मन प्रतीक्षा करता रहा था। वस्तुस्थिति को पीछे ढकेलकर एक कल्पना मेरी अधमुँदी आँखों के सामने झिलमिला उठी और मेरी चेतना पर हावी होने लगी···

···मैं ड्राइवर से रुकने को कहकर दीदी के घर की ओर बढ़ता हूँ। दरवाजे पर पहुँचकर दस्तक देने को होता हूँ कि कमरे से उभरता हुआ दीदी का तेज कंठ स्वर सुनकर मेरे हाथ ठिठक जाते हैं, "देखो तो, कैसा फब रहा है तुम्हारे बदन पर। लम्बाई, बाँहें···सब ठीक है।"

"नहीं-नहीं, मैं सुभाष का स्वेटर नहीं पहनूँगा। मैं अभी स्टेशन जाकर उसे दे आता हूँ। वह क्या सोचेगा ?" जीजाजी का संकोच-भरा धीमा स्वर··· ।

"वह कुछ नहीं कहेगा," दीदी कह रही हैं—"मेरा भाई तुम्हारे जैसा नहीं है। सबकी खोज-खबर रखता है। जानते हो, वह दीपू, वीनू और गुड़िया के लिए क्या-क्या दे गया है ? मुझे लगता है वह जानबूझकर अपना स्वेटर छोड़ गया है। तुम्हारा पुराना स्वेटर देखकर परेशान हो उठा था बेचारा। तुम्हारे हाथ में देते हुए झेंप रहा होगा, इसलिए चुपके से··· । देखा, कितना समझदार है मेरा भैया।" दीदी की दर्प भरी खिलखिलाहट तैर आती है।

"बाबूजी !"

ड्राइवर की आवाज सुनकर मैंने चिहुँककर आँखें खोलीं और अजनबी की तरह अपने चारों ओर दृष्टि दौड़ाने लगा। अभी-अभी देखे हुए स्वप्न को यथार्थ में परिणत होते देखने के लिए मैंने फिर आँखें मूँद लीं, पर वही हुआ जो नींद टूट जाने पर हर सपने का होता है।

"वापस लौट चलो भाई। सीधे स्टेशन, जरा जल्दी," मैंने ड्राइवर को आदेश देते हुए महसूस किया कि मन पर रखी हुई चट्टान पंख-सी उड़ गई है। ड्राइवर की हैरत-भरी निगाह को अनदेखा करके मैं टेपरिकार्डर की फिल्मी धुन के साथ हो गया।

उपहार

"सूरदास के इस पद के साथ ही आज का आराधना-कार्यक्रम···," एनाउंसर की घोषणा सुनकर मेरे मन का पंछी अध्यात्म का आकाश छोड़ सांसारिक झमेलों के जहाज पर आ बैठा और मैं रेडियो बन्द करके फैक्टरी पहुँचने के लिए तैयार होने लगा।

मुझे सुधा पर झुँझलाहट हो आई। किसी-किसी दिन तो वह छह बजे से पहले ही नाश्ता रख जाती है, पर आज जबकि बस छूट जाने का खतरा सिर पर मँडरा रहा है, चाय तक के दर्शन नहीं हुए। मौसम-विभाग से भी कोई उत्साहजनक संकेत नहीं मिला है। मौसम-विभाग यानी मेरा ढाई वर्षीय कुलदीपक, जो और दिनों अपनी माँ से आगे-आगे ताली बजाता हुआ मेरे पास दौड़ आता है, लेकिन आज वह भी सुबह से पिनपिना रहा है। गनीमत है कि गुड़िया की नींद अभी तक नहीं खुली, वरना जुगलबंदी की सम्भावना टाली नहीं जा सकती थी।

मैं बिना कुछ बोले कमरे के बाहर निकल आया। गैलरी तक पहुँचा ही था कि सुधा हाथ में चाय का प्याला थामे मेरे पीछे दौड़ आई। मैं उसे लक्ष्य कर कोई कड़ी बात कहना चाहता था, लेकिन उसकी हालत देख मैंने अपने-आपको रोक लिया। उसके रक्त-निचुड़े चेहरे पर गड्ढों में धँसी निस्तेज आँखों ने मुझे भीतर तक हिला दिया। मेरे मन में अभी तक जो कुछ उफन रहा था, अचानक शान्त पड़ गया।

"क्या बात है सुधा, जी अच्छा नहीं है क्या ?" मैंने चाय का प्याला उसके हाथ से लेते हुए पूछा, "कहो तो छुट्टी की अर्जी भिजवा दूँ ?"

सुधा मेरी चिन्ता भाँपकर बीच में ही कह उठी—"नहीं-नहीं आप जाइए। कल रात दवा लेना भूल गई थी, इसलिए सुबह-सुबह जरा-सा चक्कर आ गया था। आप जाइए, मुझे कुछ नहीं होगा," यह कहते हुए सुधा के होठों पर फीकी मुस्कराहट तैर गई।

मैं कुछ देर दुविधा की स्थिति में खड़ा रहकर काम पर चल दिया।

फैक्टरी का वातावरण बदला-बदला-सा लगा। लगातार कड़े अनुशासन से उपजी मनहूसियत नदारत थी। कर्मीगण समूहों में बँटकर बहस कर रहे थे। मैं अपने सेक्शन में पहुँचकर सीट पर बैठा ही था कि सहयोगियों ने घेर लिया। सबसे आगे रॉय बाबू थे, जो हमारे बीच विशेष संवाददाता की हैसियत रखते थे। उन्होंने मुझे लगभग दबोचकर मेरा पंजा तोड़ने का विफल प्रयास करते हुए कहा—"···अमर बाबू, मुबारक हो ! एक धाँसू खबर है, लेकिन पहले मुँह मीठा कराना होगा।"

मैंने रॉय बाबू के चेहरे पर खिली रहस्यमय धूप को भेदने की चेष्टा करते हुए अनुमान लगाया···क्या खुशखबरी हो सकती है ? प्रमोशन तो किफायतशारी के नाम पर तीन वर्षों से बन्द हैं। आर्थिक खींचातानी के इस दौर में किसी तरह के एरियर की उम्मीद करना रेगिस्तान में झरने की तलाश में भटकने जैसा लगता है। फिर··· ? मैंने थककर हथियार डाल दिए···"मिठाई भी खा लेना बाबू मोशाय। पहले बताओ तो, क्या चक्कर है ? बोनस-वोनस तो नहीं··· ।"

"मान गए गुरुदेव ! खत का मजमूं भाँपने में तुमको देर नहीं लगती। बोनस इस बार अगस्त में ही मिल रहा है।" रॉय बाबू ने बतौर प्रशंसा के मेरी पीठ पर एक जोरदार धौल जमाते हुए कहा, "जानते हो, कम्पनी ने इस साल कितना नफा कमाया है ? पूरे चार करोड़, साठ लाख रुपए ! इस बार कम-से-कम पन्द्रह परसेंट पक्का समझो। सुना है, यूनियन बीस से कम पर राजी नहीं है। देखें, हेडक्वार्टर्स की मीटिंग में क्या तय होता है," कहते हुए रॉय बाबू कमरे से बाहर हो गए। शायद उनकी नासिका ने वातावरण में तैरती कोई नई गन्ध लपक ली थी।

रॉय की आशावादिता का जादू मेरे मस्तिष्क पर छा गया और मैं आसपास की स्थिति से बेखबर होकर जोड़-घटाने के खेल में खो गया। अभावों में घिरे रहने पर तरह-तरह के आकर्षण भरमाते हैं। दो बड़े-बड़े पर्वों की वैतरणी बोनस की नाव के सहारे ही पार करनी होती है, फिर भी तली में छेद रह जाने की आशंका हर पल दिमाग घेरे रहती है। एक सुधा की क्या, छोटे भाई-बहनों की आकांक्षाएँ इसी एक टिमटिमाते नक्षत्र पर टिकी रहती हैं। पिछली जुलाई में पप्पू के फर्स्ट ईयर में अच्छे नम्बर देखकर मैंने ही उसे मनपसंद चीज लेने के लिए उत्साहित किया था। तब उसने डरते-डरते पुरानी साइकिल ला देने को कहा था। सामाजिक अर्थशास्त्र में उसकी पैठ महज किताबी नहीं है, यह देखकर मैंने एक साथ गर्व और राहत अनुभव की थी। निशा और वीना द्वारा भाईदूज के उपहार के रूप में ऊन खरीदने के एकमत फैसले की सूचना मुझे पहले ही मिल चुकी थी। शेष रह जाती थी सुधा, जिसने मुझसे मधु-रात्रि में विवाह का उपहार माँगा था और तब मेरे पास देने को सिर्फ प्यार था। सुधा ने उस रात्रि मंगलसूत्र बनवा देने के मेरे संकल्प का हर साल नवीनीकरण होते देखा है। शायद इसीलिए वह हर साल दशहरे-दीवाली से कुछ दिन पहले की गहमागहमी के प्रति निर्लिप्त रहकर मेरे संकल्प के फलीभूत होने की प्रतीक्षा करती है।

मैंने मन-ही-मन फैसला किया, इस बार सुधा की लम्बी प्रतीक्षा का अन्त कर देना है।

मैंने खरीदी जानेवाली चीजों का हिसाब लगाकर पाया कि सबकी आशाएँ-आकांक्षाएँ हर साल मिलनेवाली अनुग्रह-धनराशि के चौखटे में मुश्किल से फिट हो सकेंगी। काश, रॉय की बात सच निकले। उस हालत में तनख्वाह से कुछ निकाल कर तमाम छोटे-बड़े अभावों की दरार पाट सकूँगा···पर क्या मैं जरूरत से ज्यादा आशावादी तो नहीं बन रहा ? सबकी जरूरतें पूरी कर सकना क्या इतना आसान है ? जरूरतों को जितना समेटने की कोशिश करो, वे और फैल जाती हैं। यह आशा-निराशा का क्रम है, साँप-सीढ़ी के खेल जैसा।

जरूरतों का ध्यान आते ही सुधा का बीमार चेहरा मेरे सामने घूम गया। यदि परिस्थितियों को झुठलाने की विवशता न हो तो इस वक्त कोई भी जरूरत सुधा के इलाज से बड़ी नहीं। आज सुबह जैसा चक्कर आ जाना आए-दिन की बात हो गई है। शादी के साल भर बाद ही सुधा को यह मुसीबत झेलनी पड़ी है। उन दिनों हर शनिवार की शाम विशेषज्ञ की क्लीनिक के चक्कर लगाना नियम बन गया था। मेडिकल कालेज के प्रोफेसर सरकार ने सुधा की जाँच करने के बाद कहा था··· ''एपीलेप्सी इन प्राइमरी स्टेज, बट शी विल इंप्रूव आफ्टर ऐन इशू ऑर टू।'' (मिर्गी के प्राथमिक लक्षण हैं, लेकिन बाल-बच्चा होते ही सब ठीक हो जाएगा।) डॉक्टर साहब का कहना सच निकला था और संदीप के होने के बाद चक्कर-घबराहट जैसी कोई बात नहीं हुई थी, लेकिन पिछले तीन महीने से सुधा की हालत लगातार बिगड़ती गई है।

गृहस्थी की बढ़ती जिम्मेवारियों के चलते मुझमें नये सिरे से इलाज शुरू करने की ताकत नहीं रही। जिस दिन सुधा को चक्कर आता है, उसके पथराए चेहरे पर जुड़ी आँखों के नीचे काले गड्ढे और गाल की उभरी हुई हड्डियाँ मेरी संवेदना को झिंझोड़ जाती हैं। लापरवाही के लिए स्वयं को कोसता हुआ मैं महत्त्वपूर्ण निर्णय कर डालता हूँ। ठीक उसी क्षण जेबों के हल्केपन का आभास होता है। कैलेंडर की तारीखों पर फिसलती हुई आँखें रिसने के बिन्दु पर पहुँच जाती हैं। मुझे वह कुर्सी, तख्त या जमीन का वह टुकड़ा जिस पर मैं ऋषियों की भाँति आसन जमाए रहता हूँ, अपनी कब्र नजर आने लगता है; पर चूँकि सबके बीच से एकाएक उठ आने का खयाल बचकाना और गैर-जिम्मेदाराना लगता है, मैं धूल झाड़ता हुआ कब्र से बाहर निकल आता हूँ। डॉक्टर का बिल अगले महीने के बजट में शुमार हो जाता है। अगले महीने साँप-सीढ़ी के खेल की नई बिसात बिछ जाती है और मेरी कल्पना महँगी अंग्रेजी दवाइयों की निरर्थकता का पड़ाव तय करती हुई ताजे फलों के ढेर, दूध-भरे गिलास और मलाई की तहों के बीच भटकने लगती है। फल-दूध का कल्प शुरू होता है, पर विकल्पों का अबोध शिशु किसी अभागे क्षण अभावों के दैत्य का ग्रास बन जाता है। त्यौहारों के प्रति सुधा की निर्लिप्तता शायद मेरे बौनेपन की ही उपज है।

इसी धूपछाँहीं मनःस्थिति में दिन कट गया। घर लौटते समय बोनस की बात अपने तक रखने का फैसला कर चुका था, पर सुधा की अतिचेतन और संवेदनशील दृष्टि के सम्मुख यह निरर्थक व्यायाम सिद्ध हुआ। मेरी ओर रहस्यमय ढंग से देखते हुए वह रसोईघर में गई और स्टोव पर चाय का पानी चढ़ाकर जल्दी ही वापस लौट आई। मेरे चेहरे को पढ़ते हुए उसने सवालों की झड़ी लगा दी···"क्या बात है, आज बड़े खुश नजर आ रहे हैं ? लगता है, कहीं से माया हाथ लगनेवाली है···अरे अब तो बोनस भी बँटनेवाला होगा। क्यों, यही बात है न ?"

मैंने सुधा को सम्भावित समझौते की झलक दे दी। सुनते ही उसकी प्रसन्नता सीमा लाँघ गई। वह बलाएँ लेती हुई फिरकनी-सी घूम गई। रसोईघर में जाती हुई वह बड़ी तरंगित दिखाई दे रही थी। जल्दी से नाश्ता रख कर वह बजट बनाने बैठ गई···'इनके' लिए गर्म पैंट का पीस, संदीप के लिए ऊनी सूट, गुड़िया के कपड़े, निशा-वीनू के लिए ऊन और अपने लिए···? इस साल क्या लेना चाहिए···खैर, देखा जाएगा··· । वह बैठी-बैठी यों ही हिसाब लगाती रही। नवीन घटनाक्रम की अनिवार्य परिणति के रूप में अविश्वास और संशय की दीवार, जो इन वर्षों के दौरान हम दोनों के बीच निरन्तर उठती रही थी, एकबारगी ही ढह गई। मैं सुधा को अपलक देख रहा था। सुबह की निस्तेज आँखें दीप-शिखा की भाँति जल उठी थीं। भावी सुख के रोमांच ने उसके नख-सिख को रूपांतरित कर डाला था। उसे प्रफुल्लित देख मेरा अवसादग्रस्त मन स्फूर्ति से भर उठा। लगातार तनाव से खिंची नसें स्वाभाविक स्थिति में लौट आईं। दिवास्वप्न की मोहकता मेरी चेतना पर भी हावी होने लगी।

अगले कुछ दिन असमंजस के थे। बोनस सम्बन्धी स्थिति स्पष्ट न हो सकने के कारण अटकलों-अफवाहों का बाजार गर्म था। मीटिंग के अन्तिम दिन, शनिवार की संध्या को सब लोग यूनियन के टेलेक्स की प्रतीक्षा कर रहे थे। रॉय का बहुत देर से पता न था। मैंने पीछे मुड़कर यूसुफ से पूछा ही था कि वह आता दिखाई दिया। उसकी स्वाभाविक चपलता न जाने कहाँ खो गई थी। सब लोग उसे घेर कर खड़े हो गए। उसने बुझे स्वर में कहा···"सब चौपट हो गया। मैनेजमेंट इस साल भी चार परसेंट से आगे बढ़ने को तैयार नहीं है। यूनियन ने मीटिंग का बायकाट कर दिया है। मामला जल्दी सुलझनेवाला नहीं है। सोमवार को एडवांस मिलने जा रहा है।"

खबर सुनकर मुझे लगा, मानो प्राण कँपा देनेवाली गर्जना के बीच बादलों को चीरती हुई बिजली मेरे छोटे से घरौंदे पर फट पड़ी हो। तेज चमक से चौंधियाई हुई आँखों के सामने एक-एक चीज झुलसकर निःशेष होती गई···प्रोफेसर सरकार के नुस्खे···एक्स-रे···पप्पू की साइकिल···सुधा का उपहार···सब।

सुरक्षा दल के पहरे के बीच रसीदी टिकट पर थूक लगाते हुए मैंने महसूस

किया जैसे मैं मेहनत की कमाई खानेवाला मजदूर नहीं खैरात के लिए टूट पड़ने वाला भिखारी हूँ।

शाम को घर पहुँचकर देखा—निशा, वीनू और पप्पू निश्चित कार्यक्रम के अनुसार मेरी प्रतीक्षा में बैठे थे। मैंने उन्हें देखकर मुस्कराने का यत्न किया, पर इस अभ्यास में जबड़े की मांसपेशियाँ दर्द करने लगीं। निशा रूट तैयार कर रही थी—पहले लाल-इमली रिटेल शाप, फिर मालरोड पर बेबी-कार्नर और खादी-प्रदर्शनी, 'नीरा' में मसाला दोसा···एंड बैक टू पैवेलियन—"क्यों भइया, ठीक रहेगा न," कहकर निशा ने स्वीकृति के लिए मेरी ओर ताका। मैंने मन में उठते ज्वार को सँभालने का यत्न किया। सुधा रसोईघर में थी। "देखें, तुम्हारी भाभी क्या कर रही हैं," कहकर चुपचाप कमरे के बाहर निकल आया।

हम सब पैदल बाजार की ओर चल पड़े। जो भी खरीदा गया, उसे मैंने तटस्थ भाव से सहन किया। सुधा ने मेरे लिए शर्ट-पीस पसंद करके मुझे दिखाया। मैंने इनकार में सिर हिलाते हुए कहा, "अभी रहने दो इसे। हमारी कोऑपरेटिव में 'सेल' शुरू होनेवाली है। खामख्वाह पैसा लुटाने से क्या फायदा ?" कपड़ों को छोड़कर ऊन के काउंटर की ओर बढ़ते समय सुधा के चेहरे पर कई रंग आए-गए।

खरीदारों के सैलाब से बच्चों को खींचते हुए मैं और सुधा बाजार से बाहर निकलने की कोशिश कर रहे थे। सुधा अचानक एक दूकान के सामने ठिठककर खड़ी हो गई। समीप आकर धीरे से बोली, "आपके पास कुछ रुपए हों तो दीजिए। एक जरूरी चीज लेनी है।" मैंने इस खास मौके के लिए कुछ रुपए रख छोड़े थे। सुधा को तीस देने के बाद मेरे पास जितने रुपए बच रहे थे, उससे मिठाई, पटाखे-फुलझड़ियाँ और पूजा का सामान खरीदा जा सकता था। हो सकता है, सुधा के पास भी कुछ गुप्त धन हो। इतने मजबूत आधार पर रोशनी के त्योहार की इमारत खड़ी की जा सकती है, मैंने कुशल गृहस्थ की तरह सोचा।

सुधा और बच्चे बाजार से निकल आए थे। सबकी आँखें चमक रही थीं। निशा और वीना के हाथों में ऊन का पैकेट और पप्पू की गोद में सवार संदीप के हाथों में गणेश-लक्ष्मी की मूर्तियाँ थीं। सुधा एक हाथ में लाल रंग का छोटा-सा डिब्बा और दूसरे में गुड़िया की अँगुली थामे तेज-तेज चल रही थी। निशा और वीना से बातें करती हुई वह रह-रहकर मुस्करा उठती थी। उसकी मुस्कान में बेफिक्री और तृप्ति खनक रही थी। उसके चेहरे पर इतनी कांति मुझे एक अरसे के बाद देखने को मिली थी। उसकी आँखों के दीये जल उठे थे। विश्वास नहीं हो रहा था कि मेरी बगल

में चलती हुई सुधा वही है जिसका थका-बीमार चेहरा देख-देखकर मैं अपने बौनेपन के एहसास को जाने कब से झेलता चला आ रहा था और अभी दो दिन पहले आत्मभर्त्सना की कीलों से छिदता रहा था।

घर लौटते-लौटते शाम गहरा चुकी थी। अँधेरा घिरने लगा था। संदीप और गुड़िया दूध पीकर ऊँघने लगे थे। सुधा उन्हें सुलाने के लिए बिस्तर ठीक कर रही थी। निशा और वीना ऊन की लच्छियाँ निकालकर रंग मिलाने लगीं। मैं सीढ़ियाँ चढ़कर चुपचाप ऊपर चला आया और छत की मुँडेर पर बैठकर विकल्पों की अन्धी गलियों में रास्ता तलाश करने लगा। सुधा का परिवर्तित रूप मेरे लिए अभी तक रहस्यमय बना हुआ था।

मेरी दृष्टि अनायास ही क्षितिज पर टिक गई। धरती की स्थूल रूपाकृतियाँ आकाश की कालिमा को अपना अस्तित्व सौंपने लगी थीं। अँधेरा गाढ़ा होने के साथ-साथ चारों तरफ से त्योहारों की आहटें सुनाई देने लगी थीं। दीवाली का उल्लास हफ्तों पहले पटाखों के धमाकों और फुलझड़ियों की सफेद चमक में प्रकट होने लगा था। आकाश में इन्द्रधनुषी प्रकाश की जगमगाहट क्षणांश के लिए टँग जाती, फिर अन्धकार द्वारा गटक ली जाती। मेरे सिर पर तने आकाश पर सप्तर्षिमंडल का प्रश्नवाचक दिप्-दिप् करके जल रहा था।

तभी सुधा की आहट सुनाई दी। वह सीढ़ियों से बाहर निकलकर खामोशी से मेरी बगल में आकर खड़ी हो गई। अँधेरे-उजाले की आँखमिचौनी पलभर के लिए थम-सी गई। सुधा ने बड़ी आत्मीयता से मेरी ओर देखकर कहा···"अरे, यहाँ अँधेरे में बैठे-बैठे क्या कर रहे हैं ? शाम को भी उखड़े-उखड़े नजर आ रहे थे। यह आपको अचानक क्या हो जाता है ?" फिर, जैसे उसे मेरे जवाब की जरूरत न हो, हाथ बढ़ाकर लाल रंग का डिब्बा मेरे आगे करती हुई बोली, "जरा इसे खोलकर तो देखिए। बाजार में एक चीज पसंद आ गई थी।" सुधा के स्निग्ध स्वर का जादुईपन मेरे लिए सर्वथा अपरिचित था।

क्षण भर के लिए मेरी समझ में कुछ नहीं आया। मन को विचारों के भँवर से छुड़ाते हुए मैंने सुधा के हाथ से वह डिब्बा ले लिया। उसे जल्दी से खोलकर देखा तो देखता ही रह गया। डिब्बे की मखमली पृष्ठभूमि में सुधा का चिरपोषित स्वप्न अपनी स्वर्णिम आभा लुटा रहा था। मैं बारी-बारी से कभी डिब्बे की ओर और कभी सुधा को देखता हुआ उसकी आँखों की भाषा पढ़ने की कोशिश करने लगा। मेरी जिज्ञासा घनी होती गई···"यह मंगलसूत्र तुमने कब बनवाया ? इतना कीमती गहना खरीदने के लिए तुम्हारे पास पैसे कहाँ से आए ?" पूछते समय मुझे अपना ही स्वर

अजनबी लगा।

सुधा ने जवाब नहीं दिया। मेरा प्रश्न शून्य में टँगा रह गया। मेरी जिज्ञासु आँखें सुधा की ओर घूम गईं। उसने मंगलसूत्र गले में पहन लिया था और कुछ गुनगुनाते हुए पेंडुलम को बार-बार हाथ में लेकर देख रही थी। मेरी उपस्थिति का खयाल आते ही वह पल भर ठिठकी, फिर फिक्-से हँसकर बोली…"मेरे पास रुपए कहाँ से आए, यही पूछ रहे थे न ? आज शाम को आप ही से तो लिए थे, इतनी जल्दी भूल गए ? मैंने तो सोचा भी नहीं था कि तीस रुपए में इतना सुन्दर उपहार खरीदा जा सकता है," कहते हुए उसकी आँखों में मुस्कान का सागर तैर गया। उसने पेंडुलम झुलाते हुए मेरी आँखों में झाँका, "आप ऐसा ही मंगलसूत्र दिलाने को कह रहे थे, है न ?"

जवाब देने की कोशिश में मैं पसीने-पसीने हो उठा। एकबारगी लगा कि छत एकदम से बैठ गई है और मैं धँसता जा रहा हूँ। असमर्थता की अनुभूति पहले से अधिक पीड़ा देने लगी। जी में आया, सुधा से पूछूँ इन सात वर्षों में ही मेरी सामर्थ्य पर से विश्वास उठ गया जो नकली जेवर खरीदना शुरू कर दिया है ? विकल्पों के सहारे जीने की सजा भुगतने की मेरी विवशता किस क्षण तुम्हारी बन गई…? पर सुधा का निर्विकार मुख और निर्द्वन्द्व स्मिति देखकर बोल मेरे गले में ही अटक गए। सारी आवाजें भीतर-ही-भीतर जम गईं। मेरे अस्तित्व में उफान आ रहा था। भावुकता रिसने को थी। मन में गहरा सूनापन घिर आया।

इसी समय सुधा ने मेरे कन्धे पर अपना हाथ रख दिया। कितना कोमल और विश्वस्त था वह स्पर्श ! लगा, जैसे किसी ने मेरे अस्तित्व को अथाह स्नेह से दुलरा दिया है। एक विचित्र-सी पुलक से मन भर उठा। मेरे अन्दर जो कुछ तना हुआ था, अचानक ढीला पड़ने लगा।

1977

वर्गचरित्र

जेठ का सूरज शिखर पर पहुँचकर प्रचण्ड ताप बिखरा रहा था। हवा थमी हुई थी। सार्वजनिक पार्क की दीवार से बाहर झाँकते हुए पेड़ों के पत्ते और भी ज्यादा कुम्हलाकर लटक गए थे। मुहल्ले की गलियों में, घरों के चबूतरों पर और फुटपाथों के लावारिस फैलाव पर खामोशी छाई हुई थी। हरदम व्यस्त रहनेवाली चौड़ी सड़क वीरान नज़र आने लगी थी। सवारियों का आवागमन बन्द था। इक्का-दुक्का ट्रक या रिक्शा सन्नाटे को चीरता हुआ तेजी से ढलान पार कर जाता तो छज्जों से घिरे हुए फुटपाथ पर पसरे हुए चौपाए चिहुँककर गरदन उठा देते थे। उनसे कुछ ही दूरी पर लेटे हुए कुछ मज़दूर आसपास की हलचल से बेअसर नाक बजा रहे थे। गर्म हवा के झोंके उनके पसीने से चिपचिपाते बदन को थपकियाँ दे जाते थे। छायादार फुटपाथ के अन्तिम छोर पर, बहुमंजिली इमारतों के तलघर में बनी तंग कोठरियों के वासी प्रकृति के इस सहज वरदान से भी वंचित रह गए थे। धोबियों और बरतन माँजनेवालियों के परिवार इन कोठरियों की दमघोंटू परिमिति में घिरे, पंखा डुलाते हुए तपिश और बौनेपन के जुड़वाँ एहसास को परे सरकाने की कोशिश कर रहे थे।

चौराहे से थोड़ी दूर, पार्क की चारदीवारी के उत्तरी कोने पर नगरपालिका के नल से पानी की बूँदें रिस रही थीं। कुछ गायें और कुत्ते प्यास से व्याकुल होकर नल के गिर्द जमा थे। जमीन पर गिरते हुए पानी की छींटें गायों की पीठ पर पड़तीं तो वे जोर की फुरहरी लेतीं; परिणामस्वरूप गड्ढे में भरा पानी पीता हुआ श्वान-दल भाग खड़ा होता।

नल के सामनेवाले मकान के तलघर की एक कोठरी में अपने झिलंगे खटोले पर बेचैनी से करवट बदलती माधुरी यह कौतुक निहार रही थी। उसके सारे बदन में फुंसियाँ निकल आई थीं। तेज गरमी की वजह से जब पसीना बहकर गरदन से नीचे पहुँचता तो फुंसियों में वह जलन होती कि माधुरी बिलबिला उठती। मिशन

अस्पताल से मिली दवा ने सूजन कम जरूर की थी, पर यह जलन और टीस उसकी जान पर भारी पड़ रही थी।

माधुरी ने कोठरी से बाहर झाँका। नल के पास अब कोई न था। उसने उधर से दृष्टि हटा ली। बाहर की दुनिया का सूनापन उसकी आँखों में सिमट आया। उसने आँखें मूँदकर सोने का प्रयत्न किया, पर भट्ठी की तरह दहकती हुई कोठरी में सोना तो दूर, चैन से लेटना भी दुश्वार था। पसीने की धार उसकी ठोड़ी से होती हुई बह निकली और जलन की नई लहर उसके सारे शरीर में दौड़ गई। माधुरी का मन हुआ कि इसी समय बदन के कपड़े नोचकर उतार फेंके, पर वैसा करने की उम्र कब की पीछे छूट चुकी थी। अब तो वह हर घड़ी खुद को लोगों की ललचाई निगाहों से बचाने में लगी रहती है। सुबह नल पर नहाते समय आसपास मँडराती हुई शिकारी आँखें उसका अंग-अंग छीलने लगती हैं तो माधुरी को लगता है, जैसे वह बीच चौराहे पर बेपर्दा कर दी गई है। माधुरी तब घायल हिरनी की तरह छटपटाने लगती है। पीड़ा के उन क्षणों में उसके मन में क्षीण-सी आशा बँधती है कि उसके पैर तले की जमीन अभी फट जाएगी और धरती उसे अपनी गोद में समेट लेगी।

माधुरी को अब तक तेज भूख लग आई थी। उसने खटोले पर बैठकर कोने में रखा कटोरदान उठाया, फिर उसे वहीं रख दिया। पसीने में भीगे कपड़े पहनकर खाना खाने को उसका मन न हुआ। बदन में काँटे चुभ रहे थे। वह जल्दी से नहाकर कपड़े बदलना चाहती थी। उसकी दृष्टि एक बार फिर नल तक दौड़ गई, लेकिन वह अब पसीजना बन्द कर सिसकारने लगा था। माधुरी ने कपड़ों को बगल में दबाया और प्रभा दीदी के घर की राह पकड़ी। वह दोनों समय वहीं चौका-बरतन करती थी। मालकिन होते हुए भी उनका आत्मीय और निश्छल व्यवहार माधुरी के मन में घर कर गया था। बरतन माँजकर वहीं नहा-खा लेगी, यह सोचकर उसने अपनी चाल तेज कर दी। ऊपर आसमान जल रहा था, नीचे ज़मीन। उसकी टूटी चप्पल की तली रह-रहकर सड़क के पिघले हुए तारकोल से चिपक जाती थी और माधुरी को जोर लगाकर अपना पाँव उठाना पड़ता था।

माधुरी की दौड़ निष्फल सिद्ध हुई। प्रभा दीदी के घर के दरवाजे पर लटका हुआ ताला देखते ही उसकी गति धीमी पड़ गई। वह ठिठककर बरसाती के नीचे छाँह में खड़ी हो गई। वह वापस मुंड़ने के लिए तैयार हुई ही थी कि सहसा बगल के मकान का मुख्य द्वार हवा के झोंके से थोड़ा-सा खुल गया। माधुरी के मन में आशा की किरण कौंधी। डॉक्टर साहब के इस घर में उसकी माँ काम करने आती थी, पर इसमें घुसते हुए माधुरी को बहुत डर लगता था। डाक्टरनी कटखने स्वभाव की थीं।

गुस्सा उनकी नाक पर चढ़ा रहता था। बात-बात पर नौकर-चाकरों को झिड़क देती थीं। माधुरी को याद है, एक बार उसकी माँ के हाथ से एक पुरानी केतली छूटकर टूट गई थी। तब इन्हीं डाक्टरनी, माया बीबीजी ने कितनी गन्दी-गन्दी गालियाँ सुनाई थीं और पैसे काट लिए थे। इसीलिए माधुरी उस घर में घुसने का साहस नहीं जुटा पाती। क्या पता, माया बीबीजी कोई आफत ही खड़ी कर दें। 'जो होगा, देखा जाएगा,' कुछ पल की ऊहापोह के बाद माधुरी ने तय किया–'कोई बात हुई तो वह सच्ची बात कह देगी, अपनी तकलीफ की बात। वह कहेगी कि···'

डर और हिचक की दीवार गिरते ही माधुरी दबे पाँव गैलरी के भीतर दाखिल हो गई। बाथरूम के पास पहुँचते ही उसकी प्रसन्नता सीमा लाँघ गई। आँगन के दरवाजे पर ताला झूल रहा था। माधुरी ने चैन की साँस ली–चलो, अच्छा हुआ। महारानी बाहर गई हैं। अब उनके वापस लौटने के पहले नहा लेना चाहिए···, लेकिन इस टूटे दरवाजे को कैसे···? अन्दर कपड़े रखने की जगह नहीं है। माधुरी विचारमग्न होकर चौखट पकड़े खड़ी थी। सहसा उसे उपाय सूझ गया–क्यों न बाहर का दरवाजा बन्द कर दिया जाए ? बस, पाँच मिनट की ही तो बात है। इतनी देर में भला कौन आफत आ जाएगी। निर्णय पर पहुँचते ही उसने लपककर मुख्यद्वार की सिटकनी चढ़ा दी। अगले पल वह बाथरूम में थी।

नल खोलते ही ठण्डे पानी की अविरल धार माधुरी के तपते हुए शरीर को भिगोने लगी। फुंसियों की जलन धीरे-धीरे शान्त पड़ने लगी। सप्ताह भर की यंत्रणा से पल भर में मुक्ति मिल गई। माधुरी सुख की एक-एक बूँद निचोड़ लेना चाहती थी। उसने आले में रखी हुई संदल सोप की किर्च उठाई और उसे समूचे बदन पर रगड़ना शुरू किया। मादक सुगन्ध का तेज झोंका बाथरूम की परिमिति को सराबोर कर गया। माधुरी शॉवर खोलकर खड़ी हो गई। जल के असंख्य कण उसका बदन सहलाने लगे। वह आसपास के संसार को भूलकर सुगन्ध और शीतलता की लहरों में डूबने-उतराने लगी।

खड़ाक् ! मुख्यद्वार की कुण्डी जोर से खड़की। माधुरी क्षणांश को स्वप्न-भंग की स्थिति में जड़वत् खड़ी रह गई। उसने फुरती से शॉवर बन्द किया और झटपट कपड़े पहनना शुरू किया। थोड़ी-थोड़ी देर के अन्तराल से कुण्डी खड़कने और दरवाजा पीटे जाने की आवाजों पर उसके कान लगे हुए थे। हर अन्तराल के बाद जैसे-जैसे प्रहारों की आवृत्ति और शक्ति बढ़ती जा रही थी, माधुरी का साहस उतनी ही तेजी से छूट रहा था। उसके हाथ-पैरों में जान नहीं रह गई थी।

बाहर किसी ने दरवाजा पीटते हुए कड़ककर पूछा–"अन्दर कौन है ? कौन बैठा है गैलरी में ?"

"···!"

"बोलते क्यों नहीं ? कौन घुसा है घर में ? दरवाजा खोलोऽऽऽ !" आवाज ऊँची

और तेज़ होती जा रही थी।

माधुरी काँप उठी—माया बीबीजी ! उसने स्वप्न में भी कल्पना नहीं की थी कि वह इतनी जल्दी लौट आएँगी। गीले कपड़ों की पोटली बगल में दबाकर वह काँपते कदमों से दरवाजे की ओर बढ़ी। उसे अपने हृदय की धड़कन साफ-साफ सुनाई दे रही थी।

मायादेवी को इतनी देर से आवाज लगाते और दरवाजा पीटते देखकर पड़ोस के लोग जमा होने लगे थे। कानाफूसी का दौर चल पड़ा—"अन्दर कौन होय सकत है ?" "कौनो चोर-उचक्का तो नाहीं घुसि आवा है ससुर ?" "…" अरे, ऊ इत्ता बेवकूफ थोरे होइहै कि चुप्पे बैठा रही…छत फांद के अलोप होइ चुका होइहै… ।" "…बड़ा अँधेर है भाई। देखो न दिन-दहाड़े… ।"

सुन-सुनकर मायादेवी का क्रोध बढ़ता जा रहा था। गरमी और प्यास ने उन्हें बेहाल कर दिया था। छोटी बहन को गाड़ी पर बैठाकर वापस लौटने में उन्हें काफी वक्त लग गया था। धूप में तपकर उनका चेहरा लाल हो गया था। अपने घर के दरवाजे पर अजनबी की तरह खड़े रहना उन्हें बड़ा नागवार लग रहा था। पड़ोस के लोगों की दृष्टि में वह इस समय अजूबा बनकर रह गई थीं। गुजरनेवाला एक-एक पल उन्हें पहाड़ लग रहा था।

शोरगुल सुनकर पड़ोस के घर से 'मुहल्ला सुधार समिति' के कुछ लड़के ताश फेंककर बाहर निकल आए। कानाफूसी करते लोगों को परे हटाकर, मुट्ठियाँ कसे हुए वे एक साथ दरवाजे की ओर बढ़े। ढीला लबादा पहने, झबरेबालोंवाले एक सींकिया युवक ने दरवाजा पीटा और भरपूर आवाज में गुहार लगाई—"ए ऽऽऽ, कौन है अन्दर !.…जो भी हो, फौरन बाहर निकल आओ, वरना मार-मारकर मलीदा बना दूँगा ऽऽऽ !!" अन्दर से कोई हलचल न होते देख उसने वीर नायक के अंदाज में सिर झटका और दरवाजे पर भरपूर ताकत से लात जमाई। अन्दर की सिटकनी सहारे से अटकी हुई थी। दरवाजे की काया की तुलना में आघात मामूली था, पर गैलरी के भीतर किसी हट्टे-कट्टे चोर-उचक्के की जगह गीले बदन को छिपाती, बगल में कपड़े दबाए, थर-थर काँपती हुई बालिका को पाकर भीड़ की कल्पनाशीलता को जो आघात पहुँचा, वह हरगिज़ मामूली न था। रोमांच का बल्ब भक्-से बुझ गया। लोग खिसियानी हँसी हँसते हुए बिखर गए। कुछ धैर्यवान फिर भी मैदान में डटे रहे।

माधुरी को सामने पाकर मायादेवी की भौंहें कमान-सी खिंच गईं। विवशता से उपजी ग्लानि क्रोध बनकर उनकी शिराओं में दौड़ने लगी। उनकी आँखें हिंस्र पशु की तरह चमक उठीं। वह गैलरी में घुसकर शेरनी की तरह माधुरी पर झपटीं। माधुरी के गीले बाल उनकी हथेलियों की गिरफ्त में आ गए। उसे अपनी ओर घसीटती हुई मायादेवी चिंघाड़ उठीं—"तू ऽऽऽ…! चुड़ैल !! तू अन्दर घुसी क्या कर रही थी !!!"

मायादेवी का रौद्र रूप देख माधुरी की घिग्घी बँध गई। "हम...बीबीजी...हम तो यहाँ नहाने के लिए...," वह दबे-घुटे स्वर में इतना ही कह पाई थी कि मायादेवी गरजीं—"बीबीजी की बच्ची ऽऽऽ ! नहाने आई थी कि चोरी करने ? सच-सच बोल, नहीं तो अभी तेरी चमड़ी उधेड़ती हूँ।" यह कहकर उन्होंने माधुरी के गाल पर भरपूर थप्पड़ जमा दिया। सबके सामने मार पड़ी तो माधुरी की आँखों में अपमान के आँसू छलक आए। वह रूंधे गले से अटक-अटक कर बोली, "बीबीजी हम सच्ची कह रहे हैं। हम तो खाली नल में नहाने आए थे। यह देखिए।" स्वयं को निर्दोष सिद्ध करने के प्रयास में उसने बगल की पोटली जमीन पर गिरा दी और बिलखते हुए मायादेवी के पाँव पकड़ लिए।

मायादेवी की क्रोधाग्नि में जैसे घी पड़ गया हो। "छिनाल ! टसुए बहाकर डराती है ?" उन्होंने पैर झटककर माधुरी को दुत्कार दिया और सैंडिल लेकर माधुरी की पीठ को धुनना शुरू कर दिया—सटाक् ? ले...और नहाएगी ? चोट्टी !...सटाक् ! खसम का घर समझ रखा है !"...सटाक्...सटाक्...!

माधुरी पीड़ा से बिलबिला उठी—"हाय बीबीजी मर गए !...हमको माफ कर दो !...अब हम यहाँ कभी नहीं आएँगे !...कसम खाते हैं...फिर कभी नहीं आएँगे !" चीखते-चीखते उसकी हिचकियाँ बँध गईं। वह बिलखती हुई मायादेवी के पैरों पर गिर पड़ी। उसका भीगा हुआ कुरता पीठ पर से लाल हो उठा था। सैंडिल की मार से फुंसियाँ फूट चली थीं और उनसे खून रिस रहा था। वह सिसकियाँ भरती हुई दर्द से कराह रही थी। उसकी एक बाँह जख्मी पीठ सहला रही थी और दूसरी सूजी हुई आँखें मसल रही थी। आँसू थमने का नाम नहीं ले रहे थे।

मायादेवी अब तक थकान महसूस करने लगी थीं। उनकी साँस अभी तक काबू में नहीं आई थी। तमतमाये मुख पर पसीने की बूँदें चमक रही थीं। उन्होंने सुबकती हुई माधुरी के उठते-गिरते कन्धों पर एक बेपरवाह निगाह डाली और सैंडिल फेंककर आसपास का जायजा लिया। बचे-खुचे दर्शकों की आँखों में आतंक-मिश्रित श्रद्धा तैर रही थी। समदर्शी होने के कारण आँखों पर हर समय काला चश्मा चढ़ाए रखनेवाले शुक्लाजी पड़ोस-धर्म निबाहते हुए बोले, "बहनजी, इस मक्कार लौंडिया को जाने मत दीजिएगा। आप इन लोगों की फितरत नहीं जानतीं। यह उधर पहुँची नहीं कि वे लोग इकट्ठा होकर बवाल मचा देंगे। फौरन पुलिस चौकी में रिपोर्ट लिखाइए। सारा झंझट खत्म हो जाएगा," यह कहकर उन्होंने नाक तक खिसक आए चश्मे को यथास्थान टिकाया और माधुरी के गीले बदन पर खोजपूर्ण दृष्टि डाली। माधुरी ने सिमटकर सिर झुका लिया।

मायादेवी ने शुक्लाजी के सुझाव को अनसुना करके माधुरी को घुड़क दिया—"चल कलमुँही, भाग यहाँ से ! फिर कभी इधर दिखाई दी तो तेरी खैर नहीं—समझी ! ...और सुन," उन्होंने घृणा से होंठ सिकोड़कर कहा, "अपनी अम्माँ से कह देना, शाम

को आकर हिसाब ले जाए।'' माधुरी इतनी बड़ी सज़ा के खिलाफ अपना मुँह खोलने चली, पर मायादेवी पीठ घुमाकर चौखट लाँघ गईं। उनकी सैंडिल की खट्-खट् गैलरी में गूँजकर माधुरी की चेतना में कील की तरह धँसती चली गई। उसने बड़ी मुश्किल से झुककर अपने कपड़े उठाए और उन्हें समेटकर डगमगाते कदमों से अपनी कोठरी की ओर चल पड़ी।

मायादेवी ने सशंकित मन से गैलरी पार की, आँगनवाले दरवाजे का ताला खींचकर खुद को संतुष्ट किया और चैन की साँस लेकर सीढ़ियों का रुख किया। ड्राइंगरूम में आकर कूलर का स्विच ऑन करने के साथ ही वह निढाल होकर पलंग पर बिछ गईं। मालकिन की आहट सुनकर डिकी दुछत्ती से कूदकर दौड़ आया और उनकी मांसल बाँह से मुँह रगड़ने लगा। माया देवी उसकी सुनहरे बालोंवाली पीठ पर दुलार से हाथ फेरने लगीं। डिकी मगन होकर कूँ-कूँ करने लगा।

तभी मायादेवी को लगा, जैसे कोई घुटे-घुटे स्वर में रो रहा है। इस बोध के साथ ही उन्हें महसूस हुआ, जैसे किसी ने उनकी पीठ में तपते लोहे का टुकड़ा चुभो दिया है। बेचैनी में भरकर वह एक झटके में उठकर बैठ गईं। न चाहते हुए भी उनकी आँखों के सामने माधुरी का साँवला, मुरझाया चेहरा घूम गया जिस पर आँसुओं के मटमैले धब्बे चमक रहे थे। कठघरे में खड़े कैदी की तरह उनकी छाती धुकधुकाने लगी। उन्होंने थूक गटककर अपने आपको तैयार किया और बेवजह सैंडिल तान लेने की अधीरता का औचित्य ढूँढ़ लिया। ईश्वर को और मरहम की ट्यूब रखने की जगह को एक साथ याद करती हुई वह खिड़की की तरफ बढ़ गईं। उन्होंने बाएँ पल्ले को जरा-सा खोलकर नीचे चबूतरे की ओर देखा, पर वहाँ कुछ बदरंग धब्बों के सिवा कुछ न था। उनकी उचटती हुई दृष्टि सड़क के पिघले हुए तारकोल तक चली गई, जिस पर छोटी-छोटी चप्पलों के ताजे निशान दूर तक चले गए थे। वह घुटी-घुटी सी रुलाई कहाँ से आ रही थी, काफी देर खड़े रहने के बाद भी वह जान न सकीं।

तंग आकर मायादेवी ने खिड़की के बाहर के संसार से अपने आप को अलग किया और घूमकर डिकी की ओर गौर से देखा। वह अभी तक कूँ-कूँ कर रहा था। भ्रम-भंग होते ही मायादेवी के खिंचे चेहरे पर छितराया हुआ तनाव धुल गया। उनके रंगे-पुते होंठ मुस्कराने के क्रम में जरा-से खिंच गए। आशंकाओं को गरदन के साथ झटककर उन्होंने भड़ाक्-से खिड़की बन्द कर दी।

मायादेवी को अब घुटन महसूस हो रही थी। उन्होंने बेबसी से कूलर की तरफ देखा जो पूरी ताकत से चलकर भी उन्हें राहत नहीं दे पा रहा था। सूरज की तपन

दीवारें लाँघकर उनके सिर में घुस रही थीं। रीढ़ पर बहनेवाला पसीना बेचैन करने वाली सुरसुराहट पैदा कर रहा था। उन्हें लगा, जैसे अनगिनत चींटियाँ उनके बदन पर चढ़ आई हैं। नहा डालने में ही मुक्ति समझकर वह कपड़ों समेत बाथरूम में घुस गईं। थोड़ी देर बाद शॉवर की सिसकारी के बीच उनकी गुनगुनाहट उभरने लगी।

1977

एक उगती हुई शाम

बंसी नींद के नशे में झूमता हुआ बैठक से बाहर निकला। उसने हाथ में पकड़ी हुई ट्रे को बरामदे की सीढ़ियों के पास रखा, सोडे की बोतलों को निकालकर काँच के गिलासों को बाल्टी के पानी से साफ किया और ट्रे को दुछत्ती के नीचे अपनी कोठरी में रख आया। वापस लौटकर वह बरामदे में बिछी हुई खाट पर बैठ गया और बीड़ी का बण्डल फाड़ने लगा। बीड़ी के सिरे को दाँतों से कुतरते हुए उसे सहसा कुछ याद आ गया। वह जल्दी से उठकर गेट तक गया और उसके चेनवाले फाटक में ताला लगाकर लौट आया। वह अधलेटा-सा होकर माचिस जलाने को हुआ, तभी घंटी की 'किर्र्रर्र' से उसका हाथ उचक गया; पर वह उठा नहीं, चुपचाप बीड़ी पीता रहा। घण्टी फिर बजी। वह इस बार बीड़ी का कश खींचकर बोझिल पलकों को बन्द होने से रोकते हुए चिल्लाया—"कौन आय !"

बाहर से किसी ने पुकारा—"डॉक्टर साहब !"

बंसी जवाब में चिल्लाया, "ठहरो, आवत हैं।" और तेजी से गेट की ओर बढ़ गया। उसने बरामदे में टिमटिमाते लट्टू की मद्धिम रोशनी में आगन्तुक का चेहरा देखा और गेट खोलते हुए रुखाई से कहा, "का बात है भइया, कौन मुसीबत आय गई ?"

"डॉक्टर साहब को घर ले जाना है। बाबूजी की तबीयत खराब है।" आगन्तुक युवक ने प्रयोजन जताया।

बंसी ने गेट को जरा-सा फैलाकर आँखों को रगड़ते हुए कहा, "भइया, अब तो बहुत देरी होय गई। मालिक की आँख अबहिन लागी है। उई रात माँ कहूँ न जइहैं। दस बजे वाले हैं।"

"जानता हूँ, लेकिन केस सीरियस है। जरा डॉक्टर साहब को जगा दो।" युवक ने आजिजी से कहा।

"अच्छा-अच्छा, जगाय देब। मुला फीस दुगनी लगिहैं।"

"ठीक है, जरा जल्दी…"

"आप निसाखातिर रहो। अन्दर बइठक मा जायके छोटे मालिक लगे तीस रुपए जमा कर आवो।"

"हाँ-हाँ, पर…," युवक चिन्तामग्न हो गया…"जल्दी-जल्दी में रुपए ला नहीं सका। घर जाकर दे दूँगा।"

बंसी झल्लाया—"जेब में फूटी कौड़ी हौ नाहीं और आय धमके डॉक्टर साहब को गोहरावै। अरे जाओ, कहीं ते रुपए-पैसे का जुगत करो," यह कहकर वह गेट बन्द करने लगा, पर युवक ने हाथों का जोर लगाकर उसे रोक दिया और घुड़कते हुए बोला, "अबे जाता है डॉक्टर साहब को बुलाने कि समझाना पड़ेगा ? जानता नहीं, मैं श्याम माथुर हूँ। मेरे बाबूजी डॉक्टर साहब के पुराने दोस्त हैं। जाओ, फौरन खबर करो उन्हें।"

युवक की घुड़की का बंसी पर जरा भी असर नहीं पड़ा। उसने गेट के बीच अड़कर उपेक्षा से कहा, "जाओ भइया, यह गरमी कहीं और दिखाओ। हियाँ तुम्हरे जइसे स्याम-घनस्याम रोज आवत हैं," और बलपूर्वक युवक का हाथ हटाकर गेट बन्द कर दिया।

"बंसी। बाहर कौन है ?" डॉक्टर बृजकिशोर का रोबीला स्वर सीढ़ियों से उतरकर बरामदे में गूँजा।

आवाज सुनकर बंसी ठिठक गया और फाटक छोड़कर निराशा से सिर हिलाकर बड़बड़ाया—"होय गई छुट्टी। मालिकौ का मरीजन बिन कल नाहीं परत है। चलो बंसी भइया, तुम्हारी किस्मत मा आज रतजगा बदा है।" वह हाथ झटक कर सीढ़ियाँ चढ़ने लगा, तभी बैठक के अन्दर से फूटनेवाला ठहाका उसके कानों से टकराया। वह पलटकर दरवाजे के सामने ठिठक गया। उसने पलभर सोचने के बाद दरवाजे के पल्लों को चिपकाकर परदा खींच दिया। उसके छोटे मालिक और उनके मुलाकातियों के कहकहे कमरे की हदों में सिमट गए। बंसी लपकता हुआ सीढ़ियाँ चढ़ने लगा।

श्याम की माँ पलंग के पैताने बैठी पति के पसीने से तर-ब-तर बदन को तौलिए से पोंछती हुई बेटे की राह देख रही थी। वह खाली-खाली आँखों से अभी-अभी सोए पति की पलकों का कम्पन देखती रहीं, उनके हर निःश्वास को होठों के जरा-सा खुलने और 'फट्' की आवाज के साथ शून्य में विलीन होते देखती रहीं। सड़क पर गुजरनेवाली सवारियों की आहट खिड़की के पल्लों को भेदकर उनके कानों तक पहुँचती तो वह पलंग से उठकर आँगन में दरवाजे तक पहुँच जातीं, लेकिन वहाँ किसी को न पाकर बीच ही से लौट आतीं।

तभी साइकिल की समीप आती आवाज दरवाजे के पास आकर थम गई। श्याम की माँ धीरे से दरवाजा खोलकर और डॉक्टर साहब के आने की प्रत्याशा में माथे पर पल्ला लेकर एक ओर हटकर खड़ी हो गईं, लेकिन बेटे को भड़भड़ाकर अन्दर घुसते और साइकिल को आँगन की दीवार पर फेंकते देखकर वह सशंकित हो उठीं। उन्होंने पल्ला खींचकर घबराहट-भरे स्वर में पूछा—"क्यों बेटा, चाचाजी नहीं आए ?"

श्याम का उतरा हुआ चेहरा माँ की ओर घूम गया। उसकी डबडबाई आँखों ने वह फर्ज पूरा कर दिया जो उसका रुँधा हुआ गला नहीं कर पा रहा था। "अम्माँ, उनकी फीस के लिए तीस रुपए चाहिए," उसने शब्दों को गले के बाहर ठेला और अन्दर कदम बढ़ाए, तभी यह देखकर कि माँ के कदम लड़खड़ाने लगे हैं और वह बेसुध होकर गिरनेवाली हैं, उसने झपटकर माँ को हाथों के बीच साध लिया और उन्हें कमरे में लाकर बाबूजी के पलंग के पास बिछे हुए तख्त पर लिटा दिया। उसने पिता के मस्तक पर हाथ रखा। बुखार कुछ कम लग रहा था। बाबूजी की हँफनी वैसे ही जारी थी, लेकिन 'हा-हा' करके कराहने की आवाज कुछ धीमी पड़ गई थी।

श्याम ने बाबूजी के चेहरे से आँखें हटाकर कैलेंडर की ओर देखा। सितम्बर और नवम्बर की पन्द्रह तारीख के बीच कुल ढाई महीनों के भीतर यह दूसरा दौरा था। कैलेंडर की तस्वीर देखते हुए वह कुछ देर पहले बीती घटनाओं के तार जोड़ने लगा। बाबूजी रात के नौ बजे तक तो ठीक थे और खाना खाने के बाद चारपाई पर बैठे रेडियो सुन रहे थे। अचानक उनकी साँस फूलने लगी थी और वह 'हाय राम' कहकर पलंग पर गिर पड़े थे। उनके बदन से पसीना छूटने लगा था। उसने सुबह-दुपहर-शाम को दी जानेवाली टिकिया और कैपसूल दिए थे, पर हालत बिगड़ती देखकर वह 'बिरजू चाचा' को बुलाने दौड़ गया था। हड़बड़ी में रुपए लेने की बात ही नहीं सूझी थी। वैसे तीस रुपए घर में थे भी नहीं। बाबूजी की तनख्वाह से दवाएँ खरीद ली गई थीं। मुहल्ले के ठग-बनिए उत्तमचन्द की दुकान से उधार न लाने की उसकी कसम इस महीने भी टूट गई थी।

श्याम ने आँगन में आकर ऊपर की ओर निगाह डाली। छतवाले कमरे की बत्ती अभी तक जल रही थी, जो संकेत करती थी कि चटर्जी दादा बाबूजी को देखकर जाने के बाद अभी तक सोए नहीं थे। अपने आस-पास घिरे भयावह सन्नाटे के बीच कमरे के रोशनदान से छनते हुए प्रकाश ने उसके डूबते हुए मन को सहारा दिया। वह चौके के दरवाज़े की कुण्डी खोलकर भीतर चला गया और आलमारी में मिट्टी थोपकर जमाई गई गुल्लक को निकालने लगा।

बंसी को देखकर बिस्तर पर अधलेटे-से डॉक्टर बृजकिशोर ने 'मेडिकल जर्नल' को सिरहाने रखते हुए कहा—"क्यों रे, किससे बातें कर रहा था ?"

बंसी ने जवाब दिया, "एक लरिकवा आवा हथा, स्याम-स्याम कहत हथा।"

"श्याम ?" डॉक्टर बृजकिशोर चौंके—"कहाँ है वह ?"

"फीस लै खातिर घर गवा है।"

"फीस लेने ? अरे जाहिल, फीस मरीज को देखने के पहले ली जाती है कि बाद में ?"

"हम का जाने मालिक ? छोटे मालिक 'आडर' किहिन हैं—रात में कोई बुलाने आए तो पहले दुगुनी फीस जमा करवा जाना।"

"आर्डर के बच्चे। मुँह तोड़ दूँगा, समझा ?" डॉक्टर साहब क्रुद्ध होकर गरजे और बंसी को घूरने लगे—"उसने बतलाया था कि वह माथुर साहब का लड़का है ?"

बंसी ने अपराधी-सा महसूस करके गरदन झुका ली।

"फिर ? उसे लौटाने की तेरी हिम्मत कैसे हुई ? जानता नहीं, वह हमारे दोस्त हैं ?" डॉक्टर साहब की सुलगती आँखें जवाब तलब कर रही थीं।

"ज···जो मालिक, पर हमका तो बड़के भैया का कहा करे का परत है। उई हुकुम किहिन हैं—अगर रात में कोई ऐरा-गैरा परेशान करे तो उसे भगा देना।" बंसी ने अभय-याचना करते हुए बताया।

"क्या ?" डॉक्टर बृजकिशोर आपा खो बैठे—"मेरे मरीज अब लाट साहब को ऐरे-गैरे लगने लगे हैं ! जा, भागकर नन्दू को बुला ला।" उनकी साँस फूल रही थी।

बंसी हतबुद्धि-सा अपनी जगह पर खड़ा रहा। किधर जाए वह ? इधर कुआँ, उधर खाईवाला मामला है। उसने सहमकर डॉक्टर साहब की ओर देखा। उनकी लाल-लाल आँखों के भय के सामने बड़े भैया की धमकी दुबककर बैठ गई। वह सीढ़ियाँ उतरते हुए बुदबुदाने लगा—"मालिक बड़के भैया को अबहूँ बबुआ समझत हैं। इनकी गुहार पर जइसे भागे चले अइहैं। गुस्सा करे में बाप से चार हाथ आगे हैं।"

"बाबूजी, क्या बात है ?" नन्दू उर्फ नन्दकिशोर ने तेजी से कमरे में घुसते हुए चिन्तित स्वर में पूछा, पर पिता को सामान्य अवस्था में पाकर चिढ़ी आवाज में कहा, "लगता है, आपको फिर इन्सोम्निया की शिकायत रहने लगी है। उधर मेरे मुवक्किल ग्यारह बजे तक पीछा नहीं छोड़ते, इधर आप आए दिन कोई-न-कोई बखेड़ा ले बैठते हैं। कहिए, इतनी रात को क्या मुसीबत आ गई ?"

डॉक्टर बृजकिशोर बेटे की झुँझलाहट से अप्रभावित अपनी रौ में बहते हुए बोले, "अरे नन्दू, तुझे पता है बेटे—माथुर साहब को दूसरा अटैक हुआ है। थोड़ी

देर पहले श्याम मुझे बुलाने आया था, लेकिन बंसी के बच्चे ने उसे उल्टे पाँव लौटा दिया !'' कहते-कहते वह इतने भावुक हो उठे कि लगा, अभी रो देंगे।

नन्दकिशोर ने पिता को समझाने की कोशिश की—''बाबूजी, आप भी बच्चों जैसी बातें करते हैं। माथुर अंकल साठ बरस के हो चले हैं, इतनी उमर में अटैक हो जाना अनोखी बात नहीं। श्याम रुपए लेकर आए तो चले जाइएगा।''

डॉक्टर बृजकिशोर को लगा, जैसे किसी ने उनकी पीठ पर चाबुक मार दी हो। काँटे से बिंधी मछली की तरह वह छटपटा उठे और बेटे को परायी दृष्टि से ताकते हुए दोनों हाथों का जोर लगाकर पलंग के सहारे खड़े हो गए। उनका बदन क्रोध से काँप रहा था। धौंकनी की तरह चलती हुई साँस को वह किसी तरह भी सँभाल नहीं पा रहे थे। बदन में जमा सारी ताकत बटोरकर वह बोले—''ऐसे समय फीस की बात करते हुए तुझे शर्म नहीं आती ! जानता है, माथुर मेरे बचपन का दोस्त है।''

''जानता हूँ बाबूजी।'' नन्दकिशोर ने पिता के चेहरे को आँखों से छीलते हुए कहा, ''जिसे देखो दोस्ती के नाम पर मुँह उठाए चला आता है घर ले जाने के लिए। लोग जानते हैं न कि बिना पैसा खर्च किए इलाज हो जाएगा।'' नन्दकिशोर की दृष्टि में भी उतना ही व्यंग्य था, जितना स्वर में।

डॉक्टर बृजकिशोर पूरी ताकत से चिल्लाए—''नालायक ! निर्दयी !!'' उनके मुँह से थूक का फव्वारा छूट पड़ा और वह भहराकर पलंग पर गिर पड़े।

नन्दकिशोर घबरा उठा। माँ के बड़ी दीदी की ससुराल में होने के कारण इस वक्त और कोई नहीं था जो पिता की देखभाल करने में दिन-रात एक कर सकता और उनके क्रोधी स्वभाव का ताप झेल सकता। उसने पिता को सहारा देकर पलंग पर बिठा दिया और धीरे-धीरे उनकी छाती मलने लगा। स्वर को यथासम्भव मृदु बनाकर वह बोला—''बाबूजी, आप बेकार गुस्सा करते हैं। आप जाना ही चाहते हैं तो जाएँ, मैं रोकूँगा नहीं। लेकिन अपनी हालत भी तो देखिए। आपकी साँस उखड़ रही है। इस समय घर से निकलना ठीक होगा ? आपको कुछ हो गया तो…!'' वह कहते-कहते रुक गया। अपनी बात का प्रभाव जाँचने के लिए उसने पिता की ओर देखा। डॉक्टर बृजकिशोर आँखें मूँदकर सिर नीचा किए बैठे थे। साँस उसी तरह तेज-तेज चल रही थी। उन्हें खामोश देखकर नन्दकिशोर को बात पूरी करने का साहस हुआ—''बाबूजी, आप खुद ही कह चुके हैं कि माथुर अंकल भगवान् के भरोसे चल रहे हैं। अब कुछ होना-हवाना नहीं है। रात बहुत हो चुकी है, परेशान होकर क्या करेंगे। सुबह जाकर देख लीजिएगा।''

''परेशानी मुझे होगी, तुझे नहीं।'' डॉक्टर बृजकिशोर ने तिक्त स्वर में कहा और खामोश होकर थके-थके से पलंग की पाटी पर बैठे रहे। उनके चेहरे की शिकनों पर उदासी उभर आई थी। उनकी नज़र अपनी कलाई-घड़ी पर पड़ी। सुनहरी

सुइयों और अक्षरों के बीच चमकता डायल उनकी भरी-भरी आँखों में कौंधकर खो गया। काल को मापनेवाले यंत्र ने उन्हें अपने अतीत में पहुँचा दिया···

रात-दिन मरीजों से भरी रहनेवाली उनकी डिस्पेंसरी। शहर के नामी-गिरामी डॉक्टरों के बिगड़े हुए केस उनके पास आते थे। अपनी कर्म-निष्ठा के बल पर वह मरीजों को नया जीवन दे सके थे। उनकी ख्याति दूर कस्बों तक फैलने लगी थी। 'डॉक्टर कपूर का दवाखाना' रिक्शों-तांगेवालों के लिए सुपरिचित नाम बन गया था। बैठक का आधा हिस्सा मरीजों की बढ़ती हुई भीड़ को सँभालने के लिए 'इमरजेंसी' का रूप ले चुका था। आधे में मेडिकल स्टोर था, जिसे नन्दकिशोर सँभालता था।

उनकी कीर्ति के पीछे क्या.केवल उनकी योग्यता थी ? दीवार के फ्रेम में जड़े महर्षि धन्वन्तर का चित्र देखते हुए डॉक्टर बृजकिशोर सोचने लगे। नहीं। फिर ? शायद उनकी परदुःख का तरता। महज पैसों की कमी की वजह से कोई मरीज उनके इलाज से वंचित नहीं रहा था। उन्हें अकबरपुर गाँव के एक किसान का झुर्रियों भरा चेहरा याद आ गया। उस गरीब किसान ने जब दवाओं का मूल्य चुकाने के लिए चाँदी के जेवर उनकी मेज पर रख दिए थे, तब करुणा से पसीज कर उन्होंने उसका हाथ रोक दिया था और सारा खर्च अपनी जेब से दिया था। उनकी सहृदयता का फल कई सप्ताह तक अनाज और घी के रूप में मिलता रहा था।···

कुर्सी खिसकने की आवाज से उनके विचारों की कड़ी टूट गई। नन्दकिशोर उन्हें सोच में डूबा देखकर कमरे से बाहर चल दिया था। उसकी ओझल होती हुई पीठ उन्हें स्मृति के द्वार पर खड़ा कर गई। पुराने प्रसंग फिर साकार हो उठे···

नन्दकिशोर उस दिन भी उनके सामने ठीक इसी तरह आ खड़ा हुआ था। "बाबूजी कल से मैं दुकान में नहीं बैठूँगा।" उसने नपे-तुले शब्दों में फैसला सुना दिया था। वह क्षण भर को हक्के-बक्के से रहकर नन्दू को ताकते रहे थे, फिर स्नेहसिक्त स्वर में पूछ बैठे थे—"बेटे, तू दुकान में नहीं बैठेगा तो दवाएँ कौन बेचेगा ?"

"दवाएँ रह कितनी गई हैं जो बेचूँगा ? सब तो आपके बीमारों के घर पहुँच चुकी हैं।" नन्दकिशोर ने असलियत सामने रखी थी—"साढ़े तीन हजार रुपयों के बिलों का भुगतान करना है। तकादा करनेवाले सुबह-शाम दुकान का चक्कर काटा करते हैं। आप कहें तो उन्हें भी चने का बोरा या गन्ने थमा दिया करूँ।"

डॉक्टर बृजकिशोर को लगा था, जैसे किसी ने उन्हें बीच सड़क पर रोककर थप्पड़ लगा दिया है। उनके कान क्षोभ और ग्लानि से दहक उठे थे। उस आँच को महसूस करते हुए वह नन्दू को समझाने की कोशिश करते रहे थे, पर वह पीठ घुमाकर ऐलान कर गया था—"मुझे अगले महीने चार्टर्ड एकाउंटेंसी की तैयारी करनी है, दुकान के लिए कोई दूसरा इन्तजाम कर लीजिए।"

नन्दकिशोर का फैसला सुनकर डॉक्टर साहब को अपनी कल्पना के महल ध्वस्त होते नज़र आ रहे थे। उन्होंने सोचा था कि मेडिकल स्टोर देखते-देखते नन्दू को कुछ अनुभव हो जाएगा तो उसका रजिस्ट्रेशन करवाकर उसे अपने साथ ही प्रैक्टिस पर बिठाएँगे, पर वह उस दिन भी नन्दू की ओझल होती हुई पीठ देखते रह गए थे, अकेले और उदास···

डॉक्टर बृजकिशोर ने अपना बायाँ हाथ उठाकर आस्तीन से अपनी छलछला आई आँखें पोंछ डालीं और पलंग से उठकर धीरे-धीरे चलते हुए खिड़की तक चले गए। बाहर सब कुछ शान्त था। पृथ्वी की आकृतियाँ आकाश की कालिमा में खो गई थीं। उनकी दृष्टि वापस अपनी कलाई-घड़ी की ओर गई। पौने ग्यारह बज रहे थे। ''श्याम को गए काफी देर हो चुकी है। न जाने वह अभी तक क्यों नहीं लौटा।'' वह बुदबुदाए और बेचैनी से टहलने लगे। ''लगता है मुझे अकेले ही जाना होगा,'' उन्होंने जैसे स्वयं से कहा और कपड़ों की आलमारी के पास जाकर चलने के लिए तैयार होने लगे। कपड़े पहनते हुए उनकी दृष्टि मेज पर टिक गई। स्टेथस्कोप, ब्लड-प्रेशर लेने का यंत्र, दवाइयों का बैग, सभी को यथास्थान पाकर वह जूते पहनने बैठ गए।

''बंसी !'' डॉक्टर बृजकिशोर की भारी आवाज रात की निस्तब्धता भंग करती हुई गूँज गई। प्रत्युत्तर न पाकर वह और ऊँचे स्वर में पुकार उठे—''अबे ओ बंसी के बच्चे, कहाँ मर गया !''

खट्-खट् सीढ़ियाँ चढ़ते हुए बंसी ऊपर आया और उनके सामने आकर खड़ा हो गया—''जी मालिक।''

''जा, जल्दी से ड्राइवर को जगाकर गाड़ी तैयार करने को कह दे। मुझे मरीज देखने जाना है। तुझे भी मेरे साथ चलना होगा,'' यह कहकर उन्होंने बैग की ओर इशारा किया। बंसी ने कुछ पल के असमंजस के बाद बैग उठाया और डॉक्टर बृजकिशोर को सहारा देकर सीढ़ियाँ उतरने लगा।

आहट सुनकर नन्दकिशोर बैठक से निकल आया। ''बाबूजी, इस समय कहाँ जा रहे हैं ?'' पिता को बंसी का हाथ पकड़कर डगमगाते कदमों से सीढ़ियाँ उतरते देखकर उसने अचरज से पूछा।

''माथुर साहब को देखने,'' डॉक्टर साहब ने धीमी, पर सधी आवाज में उत्तर दिया। बंसी बरामदे में बिछी बेंच पर बैग रखकर ड्राइवर को बुलाने चल दिया।

नन्दकिशोर चिन्तित हो उठा—''बाबूजी, आप खुद डॉक्टर हैं। जानते हैं, अगर आपको इस बार दौरा पड़ गया तो···''

''जानता हूँ,'' वह अकंपित स्वर में बोले और बंसी का सहारा लेकर गाड़ी में बैठ गए।

गाड़ी रात के सन्नाटे को चीरती हुई दौड़ने लगी। रास्ते में एक बड़ा-सा गड्ढा देखकर ड्राइवर ने ब्रेक लगाया तो डॉक्टर बृजकिशोर सीट से उछल पड़े और गिरते-गिरते बचे। उन्होंने ड्राइवर को डपटना चाहा, पर उनका दम घुटने लगा। साँस मानो कैद होकर रह गई। उन्हें जोर की खाँसी उठी। खाँसते-खाँसते उनका चेहरा लाल हो गया। आँखों से पानी बह चला। बंसी उनकी पीठ सहलाने लगा। डॉक्टर साहब ने खिड़की से सिर निकाला और छाती का सारा जोर लगाकर बलगम थूक दिया। पीड़ा के क्षण उनका विगत से साक्षात्कार करा गए...

खाँसी के ऐसे ही कई दौरों ने उनकी गतिमान जीवनधारा को बाँध दिया था। नन्दकिशोर के इलाहाबाद चले जाने के बाद उन्हें पहला दौरा पड़ा था। उनके मुँह से खून गिरा था और उन्हें बेहोशी की हालत में अस्पताल ले जाया गया था।

अस्पताल से छुट्टी पाकर जब वह घर लौटे थे तो नन्दू ने माँ को साथ लेकर उन पर कई पाबन्दियाँ लगा दी थीं—वह रात में आठ बजे के बाद डिस्पेंसरी में नहीं बैठ सकेंगे, इमरजेंसी केस नहीं लेंगे और सिर्फ दवा के पर्चे लिखा करेंगे। लाख विरोध के बावजूद उन्हें झुकना पड़ा था और तब से वह 'डॉक्टर बी. के. कपूर, कन्सल्टिंग फिजीशियन' बनकर रह गए थे। दिन-रात मरीजों की कराहों, शिकायतों और आशीर्वादों से भरी-पूरी रहनेवाली उनकी बैठक में श्मशान की शान्ति ने घर कर लिया था। उनके मरीज इधर-उधर बिखरने लगे थे। लम्बी बीमारी के बोझ और परिवार की जिम्मेदारियों के चलते उन्होंने कुछ कीमती दवाइयों और उपकरणों को छोड़कर शेष सारा सामान बेच दिया था। लगभग दो महीने बाद जब वह चलने-फिरने लायक हो सके थे और दवाखाने में बैठने की सोच रहे थे तो नन्दू ने आत्मीय अधिकार से रोक दिया था—"नहीं बाबूजी, अब आपको दिन-रात मेहनत करने की जरूरत नहीं। अब आपके आराम करने के दिन हैं। आप ऊपरवाले कमरे में बैठकर चुने हुए केस देखा करें। मैं बंसी से कह दूँगा कि बिना फीस लिए किसी को आपके आस आने न दिया करे।" वह चलते-चलते बोला था—"बाबूजी, बैठक में मैं अपना ऑफिस खोल रहा हूँ। मेहता एण्ड मेहता, की मार्फत कुछ केस मिलने लगे हैं।"

डॉक्टर बृजकिशोर, नन्दू का आशय जानकर छटपटा उठे थे। डिस्पेंसरी बन्द किए जानेवाली बात सुनकर उन्हें लगा था, जैसे उनके शरीर का कोई अंग काटकर फेंक दिया जाने को है। उनका मन विश्वास करने को तैयार नहीं था कि अब वही जगह उनके लिए अजनबी बन जाएगी, जहाँ पिछले बीस वर्ष से बैठना उनके लिए साँस लेने जैसा बन गया था। उन्होंने अपनी सामर्थ्य-भर नन्दू का विरोध किया था, पर माँ-बेटे की मरजी के सामने उनकी एक न चली थी। नन्दकिशोर ने जैसे पिता के अवमूल्यन के दिनों की लज्जा ढाँकने के लिए बैठक के एक कोने में डिस्पेंसरी का

थोड़ा-सा फर्नीचर रखा रहने दिया था···

गाड़ी का हॉर्न सुनकर श्याम दौड़ता हुआ बाहर आया। उसने झुककर डॉक्टर बृजकिशोर के पैर छुए और उनका हाथ थामकर उन्हें घर के भीतर ले गया। कमरे में दाखिल होते ही माथुर साहब की पत्नी फफक पड़ीं—"भैया, अब इनका जीवन तुम्हारे हाथ है। इतनी देर से बराबर तुम्हारा ही नाम रट रहे हैं।" डॉक्टर साहब के मुँह से कुछ देर तक बोल नहीं निकला। आँखों की नमी को हथेली से सोखते हुए वह जैसे-तैसे बोल सके, "भाभी, फिकर न करो, सब ठीक हो जाएगा," और अपने दोस्त के शरीर का निरीक्षण करने लगे।

माथुर साहब को बुखार की तेजी ने संज्ञाहीन कर दिया था। दो घण्टे की तकलीफ ने उनके चेहरे की पहचान सोख ली थी। उनके मस्तक पर हाथ रखते ही बर्फ जैसी ठण्डक महसूस करके डॉ. बृजकिशोर सिहर उठे। हाथ में तौलिया लेकर वह अपने मित्र के बदन का पसीना पोंछने लगे। ब्लडप्रेशर खतरे की सीमा से ऊपर था। उन्होंने बिना एक पल गँवाए एक के बाद एक कई इंजेक्शन लगाए और कुर्सी पर आँख मूँद कर बैठ गए। श्याम की आँखें बार-बार दीवार घड़ी की ओर से पलटकर पिता के निस्तेज मुख पर टिक जाती थीं।

दस मिनट बीतते-बीतते इंजेक्शनों ने असर दिखाया। माथुर साहब के बदन में हरकत हुई और उन्होंने धीरे-धीरे आँखें खोल दीं।

"इन्हें अब कोई खतरा नहीं है। अब रात भर आराम से सोएँगे।" डॉक्टर साहब ने ब्लड-प्रेशर यंत्र को बैग में रखते हुए मित्र-पत्नी से कहा। मित्र के चेहरे पर नज़र रखते हुए उन्होंने काँपते हाथों से परचा लिखा और उसे श्याम को पकड़ाते हुए कहा, "कैप्सूल और टॉनिक कल से चार-चार घण्टे से देना है। इन्हें आराम की जरूरत है। हफ्ते भर बिलकुल हिलने मत देना, समझे ?" कहकर वह चलने को उठ खड़े हुए।

"जी समझ गया," श्याम ने अस्फुट स्वर में कहा और भरी-भरी आँखें लिए उनके पैरों तक झुक आया। उन्होंने श्याम का कन्धा थपथपाया और उसे अपने साथ कार पर बिठा लिया।

गाड़ी रुकी तो उन्होंने श्याम से बरामदे में बैठने के लिए कह दिया। बंसी को बाहर रुकने को कहकर वह बैठक में गए और मेज की दराज़ें खोल-खोलकर उनमें झाँकने लगे। उन्होंने एक-एक करके कई शीशियाँ उठाईं-रखीं, फिर निराशा से सिर झटककर सारी दराजें बन्द कर दीं और निढाल होकर कुरसी पर बैठ गए। उनकी आँखें मुँदी हुई थीं, जैसे अतीत का कुछ याद करने की कोशिश कर रहे हैं। वह सहसा उठ खड़े हुए और जोर से पुकार उठे—"अरे नन्दू, जरा इधर तो आ।"

नन्दकिशोर पार्टीशन के दूसरी तरफ अपने दफ्तर में व्यस्त था। पिता की

बुलाहट से उसकी तल्लीनता भंग हुई। वह चिन्तित-सा अन्दर दौड़ आया। डॉक्टर बृजकिशोर उसे देखते ही बोले—"नन्दू बेटे, मैंने पिछले दिनों सॉलोमन कम्पनी से जो नया 'लॉट' खरीदा था, उसकी एक भी पैकिंग नज़र नहीं आ रही है। तू जानता है, वो दवाएँ कहाँ रखी हैं।"

नन्दकिशोर को लगा कि यों दौड़े आकर वह भारी मूर्खता कर बैठा है। पिता की जिज्ञासा सुनकर उसके होंठ वितृष्णा से सिकुड़ उठे। "बाबूजी, आप उस कबाड़ को अभी तक नहीं भूले ?" नन्दकिशोर आवेश में कह गया, "आपको पता भी है कि उस 'लॉट' में क्या था ? न जाने कौन-कौन से इंजेक्शनों के डिब्बे, अजीब-अजीब मलहम और पाउडर···इतने दिनों जब आपने उनकी सुध नहीं ली तो मैंने···"

डॉक्टर बृजकिशोर और अधिक नहीं सुन सके। दोनों हाथों से सिर थामकर बैठ गए। उनका अंग-प्रत्यंग थरथरा रहा था। कुछ पलों बाद उन्होंने उठकर कुरसी को पीछे सरका दिया और सिर हिलाते हुए मर्माहत स्वर में कहा, "शाबाश बेटे, ठीक कह रहा है तू। तेरे बाप ने जिन्दगी भर कबाड़ ही जमा किया है।" फिर एक ठंडी साँस भरकर बोले, "अरे, तू इन दवाओं की कीमत क्या समझेगा ? पढ़-लिखकर बहुत समझदार जो हो गया है। अब तक भूल भी चुका होगा कि ऐसे कबाड़ के ढेरों ने ही अभी तक तेरी पढ़ाई-लिखाई का खर्च जुटाया है। जाने कितने लोगों को जिन्दगी दी है इन अजीब-सी दवाओं ने। आज भी किसी की जिन्दगी की बाजी···"उनका धैर्य अब तक समाप्त हो चला था। नन्दकिशोर को घूरते हुए वह बोले—"बतलाता क्यों नहीं, सारी दवाएँ कहाँ रखी हैं ? फिंकवा तो नहीं दीं तूने ?"

नन्दकिशोर ने महसूस किया, जैसे कहीं कुछ गलत हो गया है। बात तूल न पकड़ बैठे, इस भय से उसने बंसी को भेजकर रामरतन को उसके क्वार्टर से बुलाने को कह दिया।

भूतपूर्व कम्पाउन्डर और अब नन्दकिशोर का सहायक रामरतन डॉक्टर बृजकिशोर के आगे हाथ बाँधे, सिर झुकाए खड़ा हो गया।

नन्दकिशोर ने पूछा—"क्यों रामरतन, तुम्हें याद है, कुछ दिनों पहले मैंने तुमसे एक पेटी में कुछ दवाएँ बन्द करके अलग हटाने को कहा था ?"

रामरतन माहौल में बसी अपरिचित गन्ध के बीच 'बड़े भैया' के प्रश्न की प्रासंगिकता खोजते हुए बारी-बारी से उन्हें और डॉक्टर साहब की ओर देखने लगा। बड़े भैया व्यग्रता से इधर-उधर देख रहे थे। लगता था, जैसे वह किसी अप्रिय स्थिति को टालना चाहते थे। डॉक्टर साहब की मुद्रा से लग रहा था कि उन्हें पुराने दिनों की मर्यादा बनाए रखने के लिए संघर्ष करना पड़ रहा है। उनके हाथ लगातार काँप रहे थे। उन्हें आग्नेय दृष्टि से अपनी ओर घूरते हुए पाकर वह अचकचाकर बगलें झाँकने लगा।

सौभाग्यवश उसे इस स्थिति में अधिक देर तक नहीं खड़े रहना पड़ा। उसका चेहरा कुछ याद करके खिल उठा। उसे लगा, मानो किसी अदृश्य शक्ति ने उसे बड़ी आपदा से घिरते-घिरते बचा लिया हो। वह डॉक्टर साहब के साथ बरसों तक काम करते-करते जान गया था कि उन्हें देशी-विदेशी दवाओं की कितनी परख है। डॉक्टर साहब ने डिस्पोज़ल का माल खरीदने में कभी धोखा नहीं खाया था। बड़े भैया के आदेश पर सारी दवाओं को कूड़े की तरह पेटी में भरते समय रामरतन को लगा था, जैसे वह करुणा और प्रेम से लबालब क्षणों को हमेशा के लिए बन्द किए दे रहा है। उसने बड़े भैया को मनाकर उस पेटी को अपने क्वार्टर में रख लिया था। आज उन्हीं को उस तिरस्कृत निधि के लिए बेचैन पा करके उसके अनुभवी कानों को वक्त के करवट बदलने की आहट सुनाई दे रही थी। उसने झट जवाब दिया, "जी भैया, मैंने सारी दवाएँ सँभाल कर रख दी थीं। अभी लेकर हाजिर होता हूँ।"

रामरतन को अपने क्वार्टर तक पहुँचने में जितना समय लगा, दवाओं की पेटी लेकर लौटने में उससे भी कम।

डॉक्टर बृजकिशोर संसार की हर वस्तु का अस्तित्व भूलकर जल्दी-जल्दी दवा खोजने लगे। गुजरनेवाला एक-एक क्षण उन्हें स्थिति की गम्भीरता का एहसास करा रहा था। 'हाइपरटेंशन' को सँभाल सकनेवाली उस विदेशी दवा के शहर में मिलने की उम्मीद नहीं थी, इसीलिए वह श्याम को अपने साथ ले आए थे।

तभी उनके हाथों से एक पैकेट टकराया। उसके धुँधले लेबल को पढ़ सकने में असफल होकर उन्होंने पैकेट को रामरतन के हाथ में दिया। रामरतन के मुँह से दवा का नाम और 'एक्सपायरी डेट' जानते ही डॉक्टर बृजकिशोर की आँखें प्रसन्नता से चमक उठीं और वह विह्वल होकर चिल्ला उठे–"भई वाह, क्या किस्मत पाई है मेरे दोस्त ने !" उन्होंने नन्दकिशोर से कुछ कहना चाहा, लेकिन वह न जाने किस क्षण बाहर चला गया था।

डॉक्टर साहब ने श्याम को आवाज देकर बुलाया और उसके हाथ में शीशी थमाते हुए कहा, "बेटे, यह लो। इसमें तुम्हारे बाबूजी के कैप्सूल हैं। मैं इसीलिए तुम्हें अपने साथ लाया था। टॉनिक कल बाजार से ले लेना। दोनों चीजें समय से देते रहना। भगवान् चाहेंगे तो वह हफ्ते भर में ही ठीक हो जाएँगे।" यह कहकर उन्होंने जेब में हाथ डाला और पर्स से कुछ नोट निकालकर श्याम के हाथ में रखते हुए कहा, "ये रुपए अपनी माँ को दे देना और कहना कि मैं परसों फिर आऊँगा।" उनकी आँखों के सामने मित्र-पत्नी का आँसुओं से भीगा चेहरा घूम गया।

श्याम दवा लेकर बाहर जाने लगा। डॉक्टर बृजकिशोर ने ड्राइवर को बुलाकर श्याम को घर छोड़ आने के लिए कह दिया। अपनी भीगी पलकें पोंछते हुए डॉक्टर साहब को लगा कि उनकी आँखों में देर से कड़क रहा कोई तिनका पिघलकर बह गया है। वह स्वयं को बहुत हल्का महसूस कर रहे थे।

डॉक्टर बृजकिशोर बरामदे में खड़े-खड़े दूर जाती हुई गाड़ी की आवाज सुनते रहे। आवाज के शून्य में विलीन होते ही एक निष्कर्ष उनके मस्तिष्क में तड़ित-सा कौंध उठा—अब संसार में उनके अकेले और अपने निजी विवेक के सहारे चलने की अवस्था फिर लौट आई है और उन्हें साहसपूर्वक यह चुनौती स्वीकार कर लेनी चाहिए। निर्णय पर पहुँचकर उन्होंने अच्छी तरह साँस ली और उसे परखने के बीच अपने भीतर सूर्य जैसी प्रखर सत्ता अनुभव की। अभी दो घण्टे पहले वह अपने को जितना कमज़ोर महसूस कर रहे थे, इस समय उनके भीतर उतनी ही दृढ़ता समा गई थी।

रामरतन की आवाज सुनकर उनके विचारों की लय टूट गई। उन्होंने नन्दकिशोर को बैठक से बाहर निकलते हुए और बंसी को ताला लेकर उधर बढ़ते हुए देखा। उन्होंने रामरतन को हाथ के इशारे से ठहरने को कहा और बंसी को हुक्म दिया—"रुको, बैठक खुली रहने दो और ऊपर से हमारा बिस्तर लाकर बिछा दो। आज रात हम यहीं सोएँगे।" बंसी सिर झुकाकर ऊपर जाने लगा तो उन्होंने रामरतन से कहा, "तुम कल सुबह आठ बजे तक आ जाना। कल से तुम हमारे साथ बैठोगे।"

"आपके साथ ?" रामरतन ने अविश्वास-भरे स्वर में पूछा।

"हाँ, कल से हम फिर डिस्पेंसरी शुरू करेंगे।" डॉक्टर बृजकिशोर ने ऊँची आवाज में कहा, ताकि सीढ़ियों के पास खड़ा नन्दकिशोर अच्छी तरह सुन ले। "जब तक हाथ-पैर चल रहे हैं, निठल्ले बैठने से क्या फायदा ? ये बूढ़ी आँखें अब भी रोग पहचान सकती हैं। ये काँपते हाथ अब भी नुस्खा लिख सकते हैं। इन हड्डियों में अब भी बहुत कुछ झेलने की ताकत बच रही है रामरतन।"

रामरतन सहमति में सिर हिलाकर पीछे हट गया और चुपचाप अपने क्वार्टर की ओर बढ़ गया। उसे सुबह जल्दी उठकर बहुत काम करना था।

डॉक्टर बृजकिशोर डगमगाते कदमों से बैठक की ओर बढ़े और दरवाजे पर झूलता हुआ नीला परदा हटाकर वहीं बीचोबीच खड़े हो गए। उनके माथे पर पसीने की बूँदें छलछला आई थीं। चेहरा खिंच-खिंच कर शिथिल हो गया था। उनकी घनी भौंहों के घेरे के नीचे कोटरों में धँसी चमकती आँखें धीरे-धीरे ऊपर उठीं और फर्श, दीवारों और छत पर से फिसलती हुई अपनी पुरानी मेज के नक्काशीदार पाँवों पर ठहर गईं। बेहद थके लहजे में अनायास ही कुछ अस्पष्ट अस्फुट-से शब्द बैठक के सन्नाटे में तैर गए। इससे पहले कि उनकी बोझिल पलकें काँप कर रिसना शुरू कर दें, उन्होंने परदा खींचकर दरवाजा बन्द कर दिया। वापस मुड़ते ही उनकी धुँधली दृष्टि नन्दकिशोर से टकराई, जो अविचल मुद्रा में एक पैर फर्श और दूसरा सीढ़ी पर टिकाए उन्हें

अपलक देखे जा रहा था। डॉक्टर बृजकिशोर ने एक छोटे-से क्षण के लिए उसे एक अजीब से भाव-बोध से निहारा, जैसे वह किसी पात्र से रिसती हुई किसी तरल वस्तु की अन्तिम बूँद को देख रहे हों और खँखारते हुए बोले, ''नन्दू बेटे, कल अपना सामान बैठक के कोने में रखवा देना। ऑफिस के लिए जगह ढूँढ़ने में तुम्हें कुछ वक्त लग जाएगा।''

1978

पारस

कमरे की लुटी-पिटी हालत देखकर मुझे चक्कर आने लगा है। सिर पकड़कर चौखट पर बैठ जाती हूँ। उफ्, अब एक बार फिर उठाया-धरी में जुतना पड़ेगा। इस चण्डाल-चौकड़ी की मिन्नतें करके हार गई कि आज के दिन तो भलेमानुस बन जाओ, पर मजाल है जो किसी की खोपड़ी में कुछ धँसे। अब किस-किसके कान उमेठूँ, किस-किसके झोंटे हिलाऊँ। सभी एक से बढ़कर एक हैं—ऊधमी और निडर।

लेकिन सारा दोष मेरा ही है। मैंने ही सबेरे इनकी छुट्टी की अर्जियाँ भेजी थीं, किसी को पेटदर्द और किसी को बुखार की वजह बताकर। सच्ची बात तो लिखी नहीं जा सकती थी—'अध्यापिका जी, निवेदन है कि आज नीलम कपूर विद्यालय आने में असमर्थ है, क्योंकि आज उसकी बड़ी बहन को देखनेवाले आ रहे हैं···, धत् ! कनपटी के पास तपन-सी लगती है। मन की पुलक होठों से फूट पड़ती है। घबराकर इधर-उधर देखती हूँ। किसी ने मुझे बेबात हँसते देख लिया तो···?

किसी ने मेरे पीछे से टीप जड़ दी है। मुड़कर देखती हूँ। संदीप है, जो मुझे जीभ दिखाता हुआ बाहर भागा जा रहा है। मेरा बदला हुआ मूड देखकर बच्चू की हिम्मत खुली है, नहीं तो अभी तक भीगी बिल्ली बने बैठे थे।

संदीप की टीप मुझे कल्पना के आकाश से खींच लाई है। ढेर सारे काम याद आ गए हैं। छोटी चाची ने कहा था कि कमरा सजाकर रखना है। 'लड़का', अर्थात् नीरू दीदी को पसन्द करने के लिए आए हुए मनीषजी थोड़ी देर बाद इसी कमरे में आनेवाले हैं। अभी वे लोग बाहर बैठक में बाबा के साथ बातचीत कर रहे हैं। मनीषजी के स्वागत का प्रबन्ध इसी कमरे में किया गया है। यहीं पर दीदी को 'देखने' की रस्म होगी। हमेशा की तरह। दो बार पहले भी हो चुकी है न। लेकिन इस बार···, इस बार मन कहता है कि यह सिर्फ रस्म नहीं होगी। सम्भावना के झरोखे से बह आई मादकता मेरा रोम-रोम सींच जाती है और मैं ताजगी समेटे उठ खड़ी होती हूँ।

"एइ, तुम सब बाहर निकलो। चलो, जल्दी करो।" मैं बच्चा-पार्टी को खदेड़ती कमरे में घुसती हूँ। सबके-सब धक्का-मुक्की करते हुए भाग खड़े होते हैं। नीलम को साथ लेकर कमरे को सँवारने में जुट जाती हूँ। ढेर सारा काम पड़ा है। 'तखत' पर नई चादर बिछाना, सोफा सेट को कायदे से लगाना, शो-पीस और बेतरतीब ठूँसी गईं कापियों-किताबों को सलीके से सजाना। यह सब करते-करते मुझे देवता याद आ गए हैं। मैं झाड़ू फेंक, हाथों और कपड़ों की धूल झाड़कर पीठ सीधी करने को होती हूँ, तभी छोटी चाची दौड़ती हुई आती हैं और दरवाजे से भिड़े पल्लों से झाँकती हैं। "अरी प्रेमो, कहाँ डुकी बैठी है तू ?" वे दोनों हाथों के बीच फँसे मिठाई-नमकीन के डिब्बों को सँभालती हुई कहती हैं। मुझे विश्राम की मुद्रा में पाकर उनकी आँखें फैल जाती हैं—"अरी, तू यहाँ ऐंड़ रही है और मैं तुझे खोजती फिर रही हूँ। ले, ये मिठाई-नमकीन निकालकर प्लेटों में सजा दे।" वे डिब्बों को थमाकर जाते-जाते कहती हैं—"जरा जल्दी हाथ चला बिट्टो। बड़ी चाची नीरू को लेकर आने ही वाली हैं।"

प्लेटें सजाने के बाद उन पर जाली ढँककर मैं कमरे पर भरपूर नजर डालती हूँ। अब हुई न बात। मुग्ध भाव से जैसे अपनी ही पीठ ठोंकती हूँ और कल्पित अतिथियों के सम्मान में झुककर कहती हूँ—"आइए श्रीमान्, कन्नौज नगरी के कपूर परिवार की इस कुटिया में आपका स्वागत है।"

आँगन से कई स्वरों की गुनगुनाहट के बीच पायल की मद्धिम रुन-झुन उभरती है। नीरू दी आ रही हैं—गुलाबी जार्जेट की कढ़ी हुई साड़ी में सिर से पाँव तक ढँकी, बड़ी चाची का सहारा लेकर धीमे-धीमे बढ़ती हुई। ज़री के काम की झिलमिलाहट और कलाइयों में झूलते सुनहरे कड़ों की दमक से जुड़कर दीदी का खुला रंग निराली छटा बिखरा रहा है। हाँ, इतनी दूर से तो बस उनका रंग ही झलक रहा है। रूप को तो लम्बे घूँघट का बंदी बना दिया गया है।

"चल बेटी, जरा सँभल के।" बड़ी चाची नीरू दी के कन्धे थामकर उन्हें आगे ले आई हैं। दीदी चौखट पर ठिठक जाती हैं। मैं आगे बढ़कर उनका हाथ खींच लेती हूँ और घूँघट को थोड़ा-सा उठाकर मुख देखती हूँ। हाय ! आज तो नज़र ही नहीं टिक रही है नीरू दी के रूप पर। बेना, कील, नथ, टॉप्स और हार—आज पहली बार उन्होंने इतने सारे गहने पहने हैं। गहनों की जगमग के बीच उनकी सौम्य मुखाकृति दिप्-दिप् कर रही है, मानो किसी सुनहरी झील के बीच पूर्णिमा का चाँद अपनी आभा लुटाते हुए डूब-उतरा रहा हो। मैं कुछ कहने चलती हूँ पर वे मुझे कनखियों से बरजकर घूँघट गिरा देती हैं। मैं उन्हें भीतर लाकर दरी पर बिठा देती हूँ। इसी बीच बड़ी चाची, दोनों बुआ और नीरू दी की चारों-पाँचों सहेलियाँ उन्हें घेरकर बैठ जाती हैं। बड़ी चाची ने दीदी के कान में कुछ कहा है। बात दीदी के लिए ही थी, पर मीरा के तेज़ कानों से कुछ बचा रहे, तब न ! वह उस बात को सबके कानों में डाल देती है और फिर हि···हि···हि···! मैं उधर से ध्यान हटाकर आँगन की गहमागहमी

देखने लगती हूँ।

"अन्दर चले आओ···हाँ-हाँ···इधर से।" छोटे चाचा टोकरे लादे मजदूरों से कह रहे हैं। टोकरों में तिलक का सामान है। फल, मेवा, मिठाई···और ढेर सारी चीजें। मजदूरों ने टोकरे उतारकर रख दिए हैं। चाचा उन्हें विदा करके पसीने से तर-ब-तर चेहरा पोंछने लगते हैं।

आहट पाकर अम्माँ चौके से निकल आई हैं। वे भगत और सुखराम को बरतन मलने के काम से छुड़ाकर टोकरे उठाने को कहती हैं और उन्हें साथ लेकर बगलवाले कमरे की ओर बढ़ जाती हैं, जहाँ तिलक चढ़ाने की तैयारी है। पड़ोस की मेहमान औरतें अम्माँ के पीछे-पीछे चल दी हैं। तिलक में दिया जानेवाला सामान कितना-कैसा है, यह देखने के लिए।

तुरू···तुऊ ! बैठक के बगलवाली गैलरी से मुँह में भोंपू दबाए, अपने 'सैनिकों' से 'मार्च' कराता राकेश आँगन में आ गया है। वह भोंपू हटाकर घोषणा करता है—"बाअदब, बामुलाहिजा, होशियार। जीजाजी तशरीफ ला रहे हैं।"

कमरे में बसी हुई खुसर-फुसर थम गई है। आँगन में पानी सूतती हुई महरी के हाथ रुक जाते हैं। मैं अंदाज से खुद को सँवार लेती हूँ और दरवाजे से जरा हटकर कोने में खड़ी हो जाती हूँ। तभी बाबूजी गली से निकलकर आँगन में आते दिख जाते हैं। उनके पीछे-पीछे छोटे चाचा मनीषजी को साथ लेकर आ रहे हैं। चाचा बीच आँगन में रुककर मनीषजी को हाथ के इशारे से घर का भूगोल समझाने लगे हैं। मनीषजी बातों के बीच सिर हिलाकर हाँ-हूँ करते जा रहे हैं।

चाचाजी की बातों के जाल से कोई बच निकले, यह हो ही नहीं सकता मनीषजी भी उस जाल में फँस गए हैं। इस बहाने मैं उन्हें भरपूर नजर देख सकती हूँ। खासा लम्बा कद है मनीषजी का। कमरे में घुसने से पहले उन्हें निश्चय ही काफी झुकना पड़ेगा। कहीं चौखट से सिर भिड़ गया तो ? भिड़ेगा कैसे, मैं उन्हें सचेत न कर दूँगी ? लेकिन वे इधर आएँ, तब न। अभी तो वह छोटे चाचा के साथ बातें करने में जुटे हैं। जाने किस बात पर वह हँस-हँसकर दुहरे हुए जा रहे हैं। हँसी के बीच लम्बे बालों की एक लट उनके चौड़े माथे पर झूल आई है, जिसे उन्होंने गरदन झटककर पीछे हटा दिया है। आँगन के उस पारवाले कोने में सीढ़ियों के सहारे चढ़ती हुई धूप में उनके चश्मे की रुपहली कमानी रह-रहकर चमक उठती है। बड़े शीशोंवाला यह चश्मा शायद उनके सुदर्शन मुखमण्डल के लिए ही बनाया गया है। न जाने क्यों, मुझे मनीषजी से जुड़ी हर चीज में खूबी दिख रही है। रंग-रूप, चाल-ढाल, वेशभूषा—सभी में अद्वितीय, अनुपम। यही तो हैं नीरू दी के स्वप्न-पुरुष।

मैं अपना ध्यान आँगन में मँजते-धुलते बर्तनों की तरफ ले जाना चाहती हूँ, पर आँखें मनीषजी पर से नहीं हटतीं। बाबूजी का उन्हें देखने जाना और इन लोगों का यहाँ आना इतनी जल्दी-जल्दी में हुआ है कि मैं उनके बारे में अधिक जानकारी

समेट नहीं सकी हूँ। फिर भी निश्चयपूर्वक कह सकती हूँ कि उन्हें पढ़ना-लिखना और गम्भीर विषयों पर बात करना रुचता होगा। मैं ज्योतिष-व्योतिष नहीं जानती। यह तो सब सुषमा की संगति का असर है। सुषमा गली के आखिरी मकानवाली मेरी सहेली है। उसी ने बताया था कि किसी व्यक्ति का स्वभाव अथवा रुचि जानना हो तो उसके रंगों का चुनाव देखना चाहिए। अगर सुषमा का ज्ञान सही है तो मनीषजी को काफी पढ़ाकू और निखरी हुई रुचियोंवाला होना चाहिए।

"आइए साहब," छोटे चाचा उनके सामने जरा-सा झुककर कहते हैं और उन्हें लेकर कमरे के सामने आ जाते हैं।

"प्रेमो, इन्हें अन्दर ले जाकर बैठाओ !" चाचाजी मुझसे कहकर बाहर रुक गए हैं।

"नमस्ते।" मैं मनीषजी को एकटक देखकर हाथ जोड़ देती हूँ।

मनीषजी चश्मा उतारकर उसे कमानी पर नचाते हुए कहते हैं, "नमस्ते-नमस्ते। कहिए, क्या हाल-चाल हैं ?"

मुझे जवाब नहीं सूझता। झेंपकर किसी तरह कहती हूँ, "जी···, बस ठीक हैं। आइए।"

मनीषजी सिर झुकाकर दरवाजे की चौखट लाँघते हैं और बड़ी चाची को प्रणाम करते हैं। चाची आशीर्वाद देती हुई सवाल करती हैं, "भैया, रास्ते में कोई तकलीफ तो नहीं हुई ? घर में सब लोग राजी-खुशी हैं न ?" मनीषजी जवाब देते हुए सोफे की ओर बढ़ते हैं। उनके बैठते ही राकेश की फौज दनदनाती हुई घुस आती है। मैं एक-एक को पकड़कर दरी पर बिठा देती हूँ।

थोड़ी देर तक कोई कुछ नहीं बोलता। सभी एक-दूसरे को देख रहे हैं। बच्चों की दृष्टि मनीषजी को जाँचने में जुट गई है। चश्मे के मोटे काँच के भीतर से झाँकती हुई चाची की पैनी दृष्टि भावी दामाद के हाव-भाव पर टिकी है। मनीषजी अपरिचित वातावरण और स्थितियों के बीच सहज दिखने का प्रयास कर रहे हैं। कैलेंडर, खिलौनों और कढ़ाई के नमूनों के बीच झूला झूलती उनकी दृष्टि उनकी व्यग्र मनोदशा को उजागर कर रही है। वह अस्थिर दृष्टि आधार खोजती हुई मुझ पर टिकने को होती है। मैं पैर के अँगूठे से फर्श पर चाप उकेरने लगती हूँ।

"जी, मेरा नाम राकेश कपूर। फिफ्थ में पढ़ता हूँ। यह उषा है—पढ़ने में बिल्कुल फिसड्डी, लेकिन हर साल पास हो जाती है।" राकेश के शब्द मनीषजी के ठहाके में डूब जाते हैं। उषा तिनककर उठने लगती है। मनीषजी उसे अपने पास बैठा लेते हैं। राकेश सबकी पढ़ाई और आदतों के बारे में बता रहा है। उसे आज ही तो अवसर मिला है अपनी कला दिखाने का। मनीषजी के रूप में उसे अपना प्रिय श्रोता जो मिल गया है। वह रस ले-लेकर सुन भी तो रहे हैं। उन्हें कुहनियों पर गाल टिकाए बैठे देखना कितना भला लग रहा है।

राकेश की बातों ने रंग जमा रखा है। चाची की व्यवस्था से नीरू दी क़े घूँघट की लम्बाई कम हो गई है। मनीषजी क्षण भर उन्हें तककर बच्चों से बातें करने लग जाते हैं। मानो जता रहे हों कि उनका दीदी की ओर देखना महज संयोग रहा है। खूब ! दीदी को भी तो देखो। साड़ी के किनारे को होठों के बीच दबाकर घुटनों पर ठुड्डी टिकाए मनीषजी को एकटक देखे जा रही हैं। देख लो जीजी, जी भर कर देख लो। क्या पता, यह पल फिर न आए। मनीषजी के जाने के बाद एक कसकती याद का हिस्सा बनकर रह जाए। मिर्ज़ापुर और इलाहाबाद के बाद एक और शहर—कानपुर की याद।

मैं भी क्या-क्या सोचे जा रही हूँ। भावुकता की फिसलन भरी पगडण्डी पर दौड़ते मन को अधबीच में रोक लेती हूँ। सबका परिचय दे चुकने के बाद राकेश चुप हो गया है। उसके भोले मुख पर तृप्ति झलक रही है। मनीषजी उसकी पीठ थपथपाकर कहते हैं, "वाह राकेशजी, आप तो अच्छा-खासा बोल लेते हैं। अच्छा ···आपने सबका परिचय तो दे दिया। अब अपनी दीदी के बारे में भी तो बताइए। दीदी आपको कैसी लगती हैं ? पढ़ी-लिखी तो खूब होंगी, है न ?"

"जी ?" राकेश चौंककर मनीषजी को देखता है और टूटे-फूटे शब्दों में अपनी बेचारगी जताकर गुमसुम बैठा रह जाता है। प्रश्न का बोझ उसकी मुखरता पर हावी हो गया है।

राकेश की बेबस चुप्पी मुझसे देखी नहीं जा रही है। वह मुक्ति के लिए इधर-उधर ताकता है तो उसे चुपके से पास आने का इशारा करती हूँ। वह दौड़कर मुझसे लिपट जाता है। मैं उसके अरुण कपोलों पर छलछला आई पसीने की बूँदों को अपनी साड़ी के किनारे में समेट लेती हूँ और उसके कान में कुछ फुसफुसा देती हूँ। राकेश को सटाकर लग रहा है, जैसे उसे मेरे सहारे की जितनी जरूरत थी, उससे कहीं अधिक मुझे उसके सहारे की जरूरत है। सच, मनीषजी द्वारा हलके-फुलके क्षणों के बीच किया गया यह प्रश्न हममें से हर एक को हतप्रभ कर गया है। उनका यह प्रश्न करना आकस्मिक होगा, नहीं तो मानना होगा कि वे 'गऊ छाप' नहीं हैं, जैसा कि छोटे चाचा हम सबके बीच घोषित कर चुके थे। मैं स्वप्न में भी नहीं सोच सकती थी कि वे बच्चों की दुनिया लाँघकर हम सबको कठघरे में ला खड़ा करेंगे। मेरे क्षुब्ध मन की नौका अतल गहराई में बैठती जा रही थी।

बड़ी चाची दीवार से पीठ हटाकर सीधे बैठ गई हैं। उनकी सतर्क दृष्टि मनीषजी की जिज्ञासा की अर्थमयता को उनके चेहरे की रेखाओं में ढूँढ़ रही है। वह आत्मविश्वास सहेजने के यत्न में धोती के पल्ले से सिर को ढँकती-खोलती हैं, फिर गला खँखारकर कहती हैं, "तू गुड्डो की पढ़ाई के लिए पूछ रहा है ? बेटा, बात यह है कि इसकी पढ़ाई-लिखाई तो घर में···,"

मनीषजी उन्हें बोलने का अवसर नहीं देते—"चाचीजी, आप रहने दीजिए। मैं

राकेश से पता कर लूँगा। आपको कोई परेशानी तो नहीं है ?"

मैं राकेश को आगे ठेल देती हूँ।

चाची अचकचाकर बात सँभालती हैं—"अरे बेटा, कैसी बात करता है तू ? मुझे काहे की परेशानी होगी ? जो छिपाए छिप सके, यह कोई ऐसी बात है भला ?" यह कहने के साथ ही वे खिसिया जाती हैं और मनीषजी की ओर याचना भरी दृष्टि डालती हैं। उनकी स्थिति मुझे बेहद टीसती है।

"हाँ तो मास्टर राकेश," मनीषजी की सधी हुई आवाज कमरे में गूँजती है—"आपने बताया नहीं, आपकी दीदी कहाँ तक पढ़ चुकी हैं ?"

राकेश इस बार भी कुछ नहीं कह पाता। मैं उसे बोलने के लिए उकसाती हूँ तो वह कहता है, "जी, नीरू दी नाइंथ तक पढ़ चुकी हैं।" नाइंथ पर जोर देते समय उसकी गरदन अकड़-सी गई है।

मनीषजी अविश्वासपूर्ण ठहाका लगाते हैं और सोफे के हत्थे पर हाथ मारकर कहते हैं, "वाह राकेशजी, आप भी कमाल करते हैं। इतनी पढ़ी-लिखी दीदी को नाइंथ क्लास बताते हैं ? वे भी हँस रही होंगी। हँसी छोड़िए, सच-सच बताइए।"

राकेश मेरी ओर संकेत करके बताता है, "दीदी कहती हैं कि बड़ों से हँसी नहीं करनी चाहिए। मैंने बिल्कुल सच बताया है। विश्वास न हो तो उन्हीं से पूछ लीजिए।"

इस पर मनीषजी संक्षिप्त-सी 'हूँ' करके खामोश हो जाते हैं और जैसे अपने को हम सब से अलग कर लेते हैं। कमरे की हवा सहसा बोझिल हो गई है ! लगता है, जैसे सभी किसी अदेखी छुअन से पथरा गए हैं।

"नहीं, अब किसी से नहीं पूछना है।" मनीषजी कुछ देर की चुप्पी के बाद गरदन हिलाते हुए फैसला सुना देते हैं, "बच्चे झूठ नहीं बोलते। ये तो बड़े ही हैं जो खुद झूठ बोलते हैं और बच्चों को बोलना सिखाते हैं।"

मनीषजी की तीखी आवाज के असर से मैं तिलमिला उठती हूँ। चाची के चेहरे पर राख-सी पुत गई है। लगता है मनीषजी सारी तैयारी करके आए हैं। अब नीरू दी के पढ़ाई के सवाल को चुप रहकर या भली लगनेवाली बातें बनाकर टाला नहीं जा सकता।

मेरी आशंका सच निकली है। मनीषजी बच्चों से कहते हैं, "अच्छा दोस्तो, तुम लोगों की छुट्टी। जाओ, बाहर जाकर खेलो।"

बच्चों के बाहर जाते ही कमरे में एक बार फिर बोझिल सन्नाटा बिछ जाता है। कुछ देर की चुप्पी के बाद मनीषजी पूछते हैं, "क्यों चाचीजी, वहाँ क्यों कहलाया गया था कि लड़की बी. ए. कर रही है ?"

चाचीजी बेवजह हँसकर मनीषजी के सवाल को बेअसर करना चाहती हैं—"अरे बेटा, तू छोटे चाचा की बात को काहे पकड़े बैठा है ? वह बड़बोला सही, लेकिन तेरी

भाभी तो राई-रत्ती जानती हैं। गुड्डी सुंदर है, सुघड़ है। घर-गिरस्ती, कढ़ाई-सिलाई, सभी कामों में तेज है। भाभी ने यह सब नहीं कहा तुझसे ?''

''कहा क्यों नहीं ?'' मनीषजी भाभी-प्रसंग से सुरक्षित दूरी बनाए रखना चाहते हैं। ''लेकिन पढ़ाई के बारे में तो यहीं आकर पता चला। अगर भाभी ने यह बात बता दी होती तो मैं···'' उनका तपता स्वर विस्फोट के बिन्दु पर है। घबराहट के मारे मेरा पेट खौलने लगा है। चाची का बोल बन्द हो गया है। उनके माथे की झुर्रियों के बीच पसीने की बूँदें झूल रही हैं। वे मनुहार करने पर उतर आई हैं–''बेटा, तुझसे विनती कर रही हूँ। जरा-सी बात को तूल देकर बनती हुई बात को बिगाड़ मत बैठना। किस संजोग से तो आज गुड्डो के भाग जागे हैं और तू है कि···, गुड्डो को तेरे माँ-बाप देख चुके थे। आखिर कुछ गुन देखे होंगे, तभी तो पसन्द किया होगा उसे। तेरे बाबूजी ने 'हाँ' नहीं की होती तो तुझे यहाँ बुलाने का क्या काम था ? देख बेटा, अब इस घर की इज्जत तेरे हाथ है। बड़ों की बात रख लेगा तो सभी असीसेंगे तुझे। और ऐसी कौन-सी चीज है जो तुझे नहीं मिलेगी ?'' यह कहकर चाची रुकती हैं और अपनी बात का असर परखते हुए कहती हैं, ''पाँच हजार नकद, गिन्नी और आटोमैटिक घड़ी तो अकेले तिलक में दिए जा रहे हैं। तुझे पता है न ? और गुड्डो के चाचाजी कह रहे थे कि लड़का हाँ कर दे तो हम घर भर देंगे। किसी चीज की कमी नहीं···''

मनीषजी बात काट देते हैं, ''अपनी नकदी और घड़ी अपने पास रखिए। हमारे घर में आपके आशीर्वाद से किसी चीज की कमी नहीं है। हम लोग कई बार कहला चुके हैं कि हमें कुछ नहीं लेना है। लड़की के होशियार और पढ़ी-लिखी होने की माँग थी, बस।''

चाची तेज होकर कहती हैं, ''अरे, तूने भी कैसी हठ पकड़ ली है। गुड्डो सुघड़-सुलच्छनी है, क्या यह काफी नहीं ? क्या नौकरी करवाएगा उससे ?''

''क्या नौकरी करवाने के लिए ही लड़की को पढ़ाया-लिखाया जाता है ?'' मनीषजी पलटकर पूछते हैं, ''माँ का शिक्षित होना कितना जरूरी है, इतना तो समझती होंगी आप ? चाचीजी, क्या ज्ञान के बराबर कोई मूल्यवान वस्तु इस संसार में है ? आप लोग जिन चीजों से हमारा घर भरना चाहते हैं, क्या उनमें से एक भी चीज इस रत्न की जगह ले सकती है ? क्या अँधेरी गली पार करने के लिए प्रकाश के अलावा और कोई चीज़ काम आ सकती है ?''

मनीषजी चुप होकर हम सबको गहरी दृष्टि से देखने लग जाते हैं। नीरू दी के थोड़ा और सिकुड़ने के अलावा हममें से किसी पर कोई प्रतिक्रिया नहीं होती। मैं उनके आवेशित मुख को ताके जा रही हूँ। चाची थोड़ी देर के लिए आँखें मूँदे बैठी रहती हैं, फिर मानो पराजित होकर कहती हैं, ''मनीष बेटा, तेरी एक-एक बात सच्चा मोती है। भला कौन माँ-बाप चाहेगा कि उसकी औलाद अपढ़-गँवार रहे, लेकिन अगर

बच्चों का पढ़ने-लिखने में दीदा ही न लगे तो माँ-बाप बेचारे क्या करें ?''

सुनते ही मनीषजी चौंकते हैं, ''तो क्या..., इनका मन पढ़ाई में नहीं लगता था ?'' यह पूछते हुए मनीषजी जिस दृष्टि से नीरू दी की ओर देखते हैं, उससे लगता है जैसे चाची की बात उन्हें कहीं गहरे तक आहत कर गई है।

चाची मनीषजी की ओर कनखियों से देखती हैं। उनकी अनुभवी आँखों से कुछ छुपा रह सके, यह कहाँ सम्भव है ? तीर निशाने पर लगा देख वे आश्वस्त होकर जवाब देती हैं, ''हाँ बेटा, कहते हुए झिझक लगती है। लेकिन तू घर का है, तुझसे क्या छुपाना। गुड्डो का शुरू से ही घर-गिरस्ती के काम में और सिलाई-कढ़ाई में मन लगता था। इसके बाबूजी कहाँ तक फीस भरते ? बेचारों ने मन मारकर इसका नाम स्कूल से कटवा दिया।''

झूठ, सरासर झूठ ! चाची की बात सुनकर मुझे उबकाई आने लगी है। मन की परतों के नीचे दबी हुई तमाम कड़ुवी यादें एकाएक उफनाने लगी हैं। मेरा मन गुस्से और नफरत से धधक उठा है। भट्ठी में सुलगते अंगारों की तरह अनगिनत विचार दिमाग में चिटखने लगे हैं...चाची, कुछ तो शर्म करो। जिस भगवान् की तुम रोज सुबह-शाम सेवा-पूजा करती हो, क्या तुम्हें उसका ज़रा भी डर नहीं रह गया है ? एक अनजान आदमी के सामने तुम निर्दोष, बेजुबान नीरू दी को अपराधी बना रही हो। कितनी सहजता से तुमने कह डाला कि उनका मन पढ़ने-लिखने में नहीं लगता था। मन नहीं लगता था तो साल-के-साल फर्स्ट कैसे आ जाती थीं ? ट्यूशन की बात तो दूर रही, दीदी ने स्कूल की फीस को छोड़ और किसी चीज़ के लिए हाँथ पसारा हो तो भगवान् साक्षी हैं...

मैं नीरू दी पर तरस-भरी नज़र डालते हुए उनके बारे में सोचने लगती हूँ। दीदी के जीवन से जुड़ी एक-एक बात, छोटी-से-छोटी घटना रह-रहकर मेरी आँखों के सामने तैरने लगी है। उन्हें न तो सहेलियों के साथ घूमने-फिरने से लगाव था, न किसी तरह की चटक-मटक से। फिर भी बाबूजी ने उनकी पढ़ाई जबरन छुड़वा दी थी। दीदी का सिसकना, बाबूजी के पैरों पर गिरकर गिड़गिड़ाना और दरवाजे की चौखट से सिर फोड़ लेना—सब बेअसर चला गया था। बाबूजी का फैसला अटल रहा था। फिर भी मुझको बाबूजी से कोई शिकायत नहीं। नीरू दी की पढ़ाई बन्द करने का निश्चय उन्होंने सीने पर पत्थर रखकर ही किया होगा। उन्हें हर हालत में बाबा के हठ की रक्षा करनी थी न। घर की किसी लड़की की लम्बाई बाबा की आँखों में चुभी नहीं कि उसका देहरी लाँघना पाप ठहरा दिया जाता था। चाहे उसकी पढ़ाई छूट रही हो या कढ़ाई-सिलाई का डिप्लोमा मिलते-मिलते रहा जा रहा हो। बाबा के मुँह से एक बार जो निकल गया, वह पत्थर की लकीर है। उनकी हाँ में हाँ मिलाते रहने में ही सबकी कुशल है। खासकर बाबूजी के लिए, क्योंकि दुकान का लाइसेंस बाबा ने अपने नाम से हटाकर बाबूजी के नाम आज तक नहीं कराया है। ऐसे में

बाबूजी के लिए बाबा की हर बात को आँख मूँदकर न मानने का मतलब है, जीविका का अधिकार खो देना और नए काम-धन्धे की तलाश करना, जो अपनी ढलती उम्र और फूलती साँस के कारण बाबूजी के लिए सम्भव नहीं है। सो उन्होंने बाबा के हठ के सामने सिर झुका दिया था और नीरू दी की पढ़ाई अधबीच में ही रह गई थी। इसके बाद पिछले साल इण्टर पास करते ही मेरी बलि चढ़ गई थी। हमारे घर और वैदिक कन्या डिग्री कॉलेज की ओर जानेवाले रास्ते के बीच बड़ा-सा पत्थर रख दिया गया था, जिससे टकरा-टकराकर इस परिवार में जन्मनेवाली लड़कियों के भविष्य को जाने कब तक लहूलुहान होते जाना था···

ओह मैं भी इतनी देर से विचारों के जंगल में कहाँ से कहाँ भटक रही हूँ। सिर झटककर अतीत को पीछे फेंकती हूँ तो मनीषजी की वेधक दृष्टि को अपने चेहरे पर सधा पाती हूँ। अपनी अस्तव्यस्तता सहेजने का यत्न करती हूँ, पर इस क्रम में वह साहस नहीं सँजो पाती जो मनीषजी की व्यग्र और जिज्ञासु दृष्टि का आग्रह सँभाल सके। उनकी ओर कनखियों से देखते हुए उनकी मुद्राओं का रहस्य मेरी समझ में आ रहा है। नीरू दी की पढ़ाई रोकनेवाली बात पर चाची की सफाई सुनकर उनके आहत मन में संशय की जो दीवार उठ रही है, उसके लिए वे शायद मेरी प्रतिक्रिया का आधार चाह रहे हैं। मैं अपने क्षण-क्षण गहराते अन्तर्द्वन्द्व में फँसकर छटपटा रही हूँ। क्या करूँ, प्रस्तर-प्रतिमा बनकर इसी तरह खड़ी रहूँ और मनीषजी के मन-आँगन में अपनी नीरू दी के प्रति वितृष्णा की विष-बेल फैलने दूँ ? भगवान् न करे, लेकिन कहीं मनीषजी सचमुच मुँह फेरकर चल दिए तो मैं इस महापाप का बोझ दो पल भी नहीं ढो सकूँगी। नहीं नीरू दी, मैं चुप रहकर तुम्हारी अपराधिनी नहीं बनूँगी। दरवाजे की चौखट पर रखी हुई ये अँगुलियाँ तुम्हारे भविष्य का गला नहीं घोंटेंगी···

सोच के इस बिन्दु तक पहुँचते-पहुँचते मुझे लगने लगा है, जैसे मुझसे जुड़े हुए संसार में नीरू दी और मनीषजी को छोड़ बाकी सबका अस्तित्व मिट गया है। सहसा मुझमें जाने कहाँ की शक्ति सिमट आई है। मैं दोनों हाथों और गरदन को हिलाते हुए चीख उठी हूँ, "मनीषजी, आपने जो सुना है, वह सब झूठ है। दीदी पढ़ना चाहती थीं। हम सब पढ़ना चाहते हैं, लेकिन बाबा के गुस्से का डर दिखाकर···" इस क्षण मुझे किसी की परवाह नहीं रह गई है। न कमरे में सिर थामकर बैठी और मुझे खा जानेवाली नजरों से घूरती हुई बड़ी चाची की, न आँगन में बर्तन माँजना रोककर बैठी महरी की और न ठाकुरद्वारे से बाहर निकलकर आते हुए छोटे चाचा और अम्माँ की। जब तक सभी लोग दौड़कर मुझे पकड़ नहीं लेते, मेरा चीखना जारी रहता है। वर्षों से बँधी हुई गाँठें आज खुलने लगी हैं। उत्तेजना के कारण मेरे हाथ-पाँव थरथरा रहे हैं। दर्द के मारे सिर फटा जा रहा है। मेरी आँखों के सामने छाते हुए गाढ़े अँधेरे के बीच हरे-पीले तारे छिटकने लगे हैं। अँगुलियों के बीच से रिसते हुए पानी की तरह मेरी चेतना सुन्न पड़ती जा रही है। मैं लड़खड़ा कर गिरने को होती हूँ, तभी अम्माँ

झपटकर मुझे सँभाल लेती हैं। और फिर···शून्य का असीम विस्तार मेरी आँखों के सामने खुलने लगता है···

मेरे इर्द-गिर्द घुप अँधेरा है। लगता है, जैसे किसी अन्धे कुएँ में उतार दी गई हूँ। कुएँ की गहराई में हाथ-पाँव फेंककर बाहर निकलने की कोशिश में कितना समय बीत गया है। किसी की घुटी-घुटी सिसकियाँ और धीमी-धीमी फुसफुसाहट मेरी बेहोशी के पार रिस आई है। सिसकियों की डोर के सहारे चढ़कर कुएँ के बाहर आ गई हूँ। आँखें खोलकर करवट लेते हुए देखती हूँ—पूजाघर के बाहर ठाकुरजी के सिंहासन के नीचे फर्श पर अम्माँ माथा रगड़-रगड़ सिसक रही हैं और बड़ी चाची मेरी पीठ सहलाते हुए कुछ समझा रही हैं। चाची की आँखें डबडबाई हुई हैं। उनकी भर्राई हुई आवाज के टुकड़े छिटक-छिटककर मेरे कानों को छू जाते हैं···"बस जिज्जी, बहुत हुआ। देखो तो, रो-रोकर कैसी आँखें सुजा ली हैं। उन लोगों ने टीका नहीं लिया तो क्या प्राण दे दोगी ? हमारी गुड्डो के लिए लड़कों की कमी है भला ? अभी काशीपुर और बरेली-वालों से भी तो बातचीत होनी है। क्या पता, पहाड़ों में ही संजोग बैठ जाए। अब उठो जिज्जी। चलकर रसोई सम्भालो। हम अकेले कितना काम कर पाएँगे ? बटेहरी समेटते-समेटते ही संझा हो जाएगी। अरे सुनो तो जिज्जी, प्रेमो को दवाई दी कि नहीं ?" चाची बातों के प्रवाह को बीच में ही तोड़कर मेरी तबीयत के लिए पूछ रही हैं। इसके पहले कि वे मेरी खटिया तक पहुँचें, मैं आँखें मूँद लेती हूँ। आहटों से लग रहा है कि अम्माँ मेरे सिरहाने आकर खिड़की के पास आले में रखी हुई दवा की शीशी उठा रही हैं।

"जिज्जी, अभी दवाई न पिलाओ।" चाची मेरे सिरहाने आकर अम्माँ से कहती हैं, "बिटिया की आँख लग गई है। नींद खुले तो पिला देना।" वह मेरा माथा छूकर फुसफुसाती हैं, "अब बुखार नहीं है। क्या होगा डॉक्टर साहब को फिर बुलाकर। ठाकुरजी आप ही सँभालेंगे···चलो जिज्जी, देर न करो।" मैं साँस रोककर दोनों के बाहर चले जाने की आहट सुनती हूँ। दरवाजे के पल्ले बन्द होने से पहले कराह उठते हैं।

चाची की बात सुनकर मेरा माथा घूमने लगता है। तो क्या मनीषजी सचमुच हम सबसे मुँह मोड़कर चले जाएँगे ? लेकिन वे इतने भावनाहीन कैसे हो सकते हैं ? मनीषजी की कोई विशेष माँग इस सम्बन्ध के आड़े आ रही होगी, मेरा मन यह स्वीकारने को तैयार नहीं है। शायद उनके माता-पिता ही आगा-पीछा सोचने लगे हों, लेकिन वे लोग तो पिछले महीने ही बात पक्की करके गए हैं। उनकी माँ तो दीदी को अँगूठी पहनाकर गई हैं। बड़े चाचा का स्वभाव बहुत गरम है। कहीं उनकी किसी बात पर बात न बढ़ गई हो।

ओफ् ! सोचते-सोचते मेरी हालत फिर पहले जैसी हुई जा रही है। आँखों के सामने वैसा ही घुप अँधेरा। अँधेरे में हरे-पीले तारों का छिटकना। हे भगवान्, आज की तारीख में पता नहीं क्या-क्या होना बाकी है। क्या हम कभी इस सँकरे आँगन की सीमा लाँघ सकेंगे, इन कंकरीले रास्तों से अलग और कोई रास्ता ढूँढ़ सकेंगे ? इन सवालों और विचारों को झटकने चलती हूँ तो लगता है, जैसे मस्तिष्क के किसी कोने में कील-सी धँसने लगी है। आँखें वेदना का बोझ नहीं सँभाल पातीं पलकों की कोर से आँसू ढुलकने लगे हैं। उन्हें हथेलियों में समेटना चाहती हूँ, पर हाथ अधर में ही लटके रह जाते हैं। हर बीतनेवाले पल के साथ लग रहा है कि जैसे मन के अन्दर का उफान जल-थल एक कर देगा। मैंने सिर को दोनों हाथों के बीच दबा रखा है, मानो ऐसा करके मैं उसे फटने से रोक ही तो लूँगी।

सभी दरवाजे के पल्ले खुलते हैं। मैं चौंककर सिर से हाथ हटा लेती हूँ और राकेश को भागकर आते हुए देखती हूँ। उसकी साँस धौंकनी-सी चल रही है। चेहरा लाल हो उठा है। वह कुछ कहना चाहता है, लेकिन पता नहीं क्यों, खड़ा-खड़ा मेरी तरफ देखता रह जाता है।

"क्या बात है राकेश, इतना घबराया हुआ क्यों है ?" मैं कुहनियों के बल उठते-उठते पूछती हूँ।

"दीदी, जीजाजी ने···," राकेश कहता-कहता अटक जाता है।

"हाँ-हाँ, क्या किया उन्होंने ?" मैं बेहद उत्तेजित होकर राकेश का हाथ पकड़ लेती हूँ और उसे पास बिठाते हुए पूछती हूँ, "अरे, अब मुँह से फूट भी। क्या कहा जीजा··मनीषजी ने ?" मुझे अपनी आशंका की धड़कन साफ-साफ सुनाई दे रही है।

राकेश हाथ छुड़ाने के लिए कसमसाता है। "और क्या कहेंगे, नीरू दी के साथ ब्याह करेंगे", वह कहकर भागने को होता है, पर मैं उसकी कलाइयों पर अपनी पकड़ मजबूत कर देती हूँ और उसके कथन पर विश्वास जमाने के लिए फिर पूछती हूँ, "तू सच कह रहा है ? हँसी तो नहीं कर रहा है न ?"

"नहीं दीदी, बिल्कुल सच कह रहा हूँ। विश्वास न हो तो एक-एक रुपए की···" कहकर वह मुझसे छिटककर अलग हो जाता है और अपनी हथेली बढ़ाकर कहता है, "बोलिए, है मंजूर ?"

मैं हर्षविभोर होकर उसकी बढ़ी हुई हथेली चूम लेती हूँ और उल्लसित स्वर में कहती हूँ, "अच्छा बाबा, तू जीता मैं हारी। अभी रुपया देती हूँ, लेकिन पहले पूरी बात बतानी होगी। समझा ?"

राकेश विजयीभाव से मुस्कराते हुए मेरी ओर निहारता है, फिर खाट पर बैठकर पैर हिलाते हुए बताने लगता है, "दीदी, जब तुम्हें चक्कर आ गया था न, उसके बाद छोटे चाचा ने जीजाजी से तिलकवाले कमरे में चलने को कहा, लेकिन उन्होंने मना

कर दिया और बाहर बैठक में चले गए। फिर थोड़ी देर बाद जब हम वहाँ चाय लेकर गए तो हमने सुना कि बाबा और बड़े चाचा दोनों जीजाजी से कह रहे थे कि हम आपको ढेर सारी चीजें देंगे।''

''फिर ?'' मेरी साँस तेज़-तेज़ चल रही थी।

''फिर जीजाजी ने कहा कि जब आप लोगों को भगवान् ने इतना दिया है तो लड़की को पढ़ा-लिखाकर योग्य क्यों नहीं बनाते ?''

''तो ?'' मैं साँस रोककर उसे देखती हूँ।

''बाबा ने कहा, आप लोग टीका ले लें। ब्याह के बाद लड़की को जितना चाहे पढ़ा लेना। सारा खर्चा हमारे जिम्मे रहेगा।''

''अच्छा ?'' मेरा अचरज सातवें आसमान पर है—''फिर उन लोगों ने क्या जवाब दिया ?''

राकेश मेरे टोकने से चिढ़कर चुप हो जाता है, फिर कहता है, ''तब जीजाजी के पिताजी बोले, ठीक है भाई साहब, आपकी ही बात रहे। लेकिन जीजाजी कहने लगे, हमें यह झंझट नहीं पालना है। बी. ए. कराने का वादा करें, तभी हम लोग टीका लेकर जाएँगे, नहीं तो लौट जाएँगे। बस, इसके बाद सभी लोग जोर-जोर से बातें करने लगे। हम तो भइया वहाँ से भाग निकले और बाजार से पतंग लेने चले गए,'' यह कहकर राकेश आँखें मटकाकर डर से काँपने का अभिनय करने लगता है।

मैं राकेश की ओर अभी तक देखे जा रही हूँ, इस आशा से कि अभी वह और कुछ बताएगा। उसका मूड न बिगड़ जाए, इसलिए टोकते-टोकते रह जाती हूँ। खिड़की के पल्लों से छनकर ताली बजाने और नाचने-गाने के स्वर आ रहे हैं। राकेश गाने की धुन पर सिर हिलाने लगा है। मैं उसके हाव-भाव का अंदाज लेती हूँ। शायद वह अभी और कुछ उगले, इसलिए उसे बातों में उलझाने का यत्न करती हूँ, ''क्यों, राकेश, बाहर कौन-कौन है ?''

''अरे दीदी, तुम्हें पता नहीं ? बाहर नीलम की सहेलियाँ आई हुई हैं। नीलम उन्हें अपना नाच दिखा रही है। 'बीबी मसाला कैसे पीसूँ' वाला गाना है न, उसी पर नाच रही है। और दीदी, एक बात तो हम आपसे कहना भूल गए।'' राकेश कुछ याद-सा करते हुए बताता है, ''जब हम पतंग लेकर लौट रहे थे तो उसी ने नाचते-नाचते बताया था कि अब नीरू दी भी हमारे साथ पढ़ने जाया करेंगी···और आप भी।''

सुनते ही मेरी आँखों के दीये जल उठते हैं। मैं खुशी से झूमती हुई पूछती हूँ, ''सच राकेश, दीदी की पढ़ाई फिर से शुरू होगी ?'' लेकिन राकेश को फुरसत कहाँ है। वह मेरी बेसुधी का फायदा उठाकर भाग खड़ा हुआ है।

मुझे लग रहा है, जैसे किसी ने मन पर रखा हुआ पत्थर हटा दिया है। मैं

सिर से पैर तक उत्साह में नहाई हुई आँगन तक हो आने के लिए उठती हूँ, पर पैरों को फर्श पर रखते ही कमज़ोरी की वजह से थरथराने लगती हूँ। मैं अपनी अवशता से हार नहीं मानती। फर्श पर मजबूती से पाँव जमाकर दीवार के सहारे खड़ी हो जाती हूँ। अभी दो-चार डग बढ़ी हूँ कि दरवाजे के बीच नीरू दी का चेहरा झिलमिलाता है। वे तेजी से दौड़कर मुझे अपनी बाँहों में थाम लेती हैं। ''अरे प्रेमो, तू क्यों परेशान हो रही थी ? देख, मैं तेरे पास चलकर आ रही हूँ।'' दीदी मुझे गले लगाकर कहती हैं। मैं पुलकते हुए याद करती हूँ। दीदी की आवाज की यह खनक आज कितने दिनों बाद सुनाई दी है। वे विह्वल होकर मुझे समेट लेती हैं और भर्राए गले से कहती हैं, ''प्रेमो देख, आखिर तेरी ही जीत हुई न। आज से मैं तुझे दीदी कहा करूँगी।''

''धत् !'' मैं चिहुँककर छिटक जाती हूँ और बनावटी गुस्से से मुँह फुलाकर कहती हूँ, ''देखो नीरू दी, अगर ऐसी बात करोगी तो मैं तुमसे कभी नहीं बोलूँगी।'' लेकिन नीरू दी पर मेरी नाराजगी का उल्टा असर होता है। वे लाड़ से मुझे अपनी ओर खींचती हुई कहती हैं, ''बोलेगी कैसे नहीं ? तू मुझसे दो क्लास आगे रहेगी। फिर मुझसे बड़ी, मेरी दीदी हुई कि नहीं ?''

मैं बरबस मुस्करा देती हूँ। दीदी मुझे सहारा देकर बाहर ले आई हैं। थोड़ी दूर पर आँगन में नीलम मटक-मटक कर नाच रही है···''अरे बीबी दुपट्टा कैसे ओढ़ूँ ?'' उसके ''ऐसे बीबी ऐसे'' कहकर दुपट्टा ओढ़ने का भाव दिखाने पर नीरू दी पेट पकड़कर हँसने लगी है। उनको हँसते देख मेरी भी हँसी फूट पड़ती है।

इस क्षण लग रहा है, जैसे समय का रथ रुक गया हो। इस ठहरे हुए क्षण मेरी आँखों के सामने एक आश्चर्य घट रहा है। मेरे देखते-देखते घर के सँकरे आँगन के ऊपर तने आकाश को ढके हुए बादलों की घनी चादर हट गई है और सुनहली धूप आँगन में उतर आई है। उजाले की सलाखों की चोट से छज्जे की लोना खाई हुई दीवारें भरभराकर ढहने लगी हैं और आँगन का हर अँधेरा कोना रोशनी में नहा उठा है।

1979

अपनी जगह

बंगले का गेट खोलकर गिरजा खिली-खिली बाहर आई। गुप्ता मालकिन ने पापड़ के लिए आलू पिसवाकर चावल, चाय और गुड़ तो दिया ही था, कॉलोनी के तीन घरों में चौका-बासन का काम दिलवाकर बच्चों को जिलाने की राह भी दिखा दी थी। उनका अपनापा सहेजकर लौटते समय उसके पाँव जमीन की पकड़ भुला बैठे थे।

'घर' के गेट का कुण्डा खोलने के लिए वह उचकी ही थी कि किसन की चीखें सुनाई दीं। गिरजा कुशल मनाती दौड़ चली। कमरे के फर्श पर बिखरे हुए सामान के बीच मुनिया सोई पड़ी थी। उसे बचाती हुई वह बगिया की तरफ लपकी। गुलमेंहदी की झाड़ के पास धूल-सना किसन बाप की पकड़ से छूटने के लिए जोर लगा रहा था और गोपी उसकी पीठ पर संटी बजा रहा था। किसन का हर वार पर "हाय अम्माँ !" कहकर चिल्लाना सुन गिरजा बिफर उठी—"अरे निरदयी ! काहे बेटवा का धुनिके डारत है ?" व्यथा और क्षोभ से उफनती हुई वह किसन को छुड़ाने के लिए जोर लगाने लगी।

गोपी ने जलती हुई आँखों से गिरजा को देखा और उसे धकेलकर गर्जना की—"हरामजादी ! एक तो सह दइ-दइ क लौंडवा का बिगार दिहिस···औ अब हम सुधारे चले हैं तो···अरे-अरे," गिरजा को बीच में आते देख वह खौंखिया उठा—"नाहीं मनिहौं ? चुप्पे चली जाव, नाहीं अबहीं चमड़ी उतार लेब," यह कहते हुए उसने किसन पर झपटना चाहा, पर गिरजा ने उसे अपनी ओट करके ललकारा, "हिम्मत है तो उतार चमड़ी ! काम-धन्धा तलासे बखत जूरी चढ़ि आवत है और···"

गोपी किटकिटाया—"जानत हैं, पिलाट वालिन के बूते टर्राय रही हौ। रहि जाव, कौनों दिन तुम्हरिउ भदरा उतारब," और फनफनाकर संटी फेंक, चिलम-साफी तलाशने लगा।

गोपी को मैदान छोड़ते देखकर गिरजा को लगा कि बस, इसी समय फैसला

होना है कि बच्चों का पेट भरने के लिए दोनों में से किसे 'घर' छोड़ना है। उसने मन पक्का करके चिलम छीनने की घात लगाई, लेकिन मुनिया की रुलाहट ने उसकी मंशा पूरी न होने दी। वह भीतर जाकर मुनिया को ले आई, साथ में गुड़ भी। गुड़ चूस रहे किसन के आँसुओं और धूल से सने हुए मुख को देखकर उसका कलेजा मुँह को आ गया। होंठ काटकर उसने रिसती आँखों को पोंछा और मुनिया के दूध लगा दिया। किसन उसके कन्धे से सटकर सुबकने लगा। उसकी सूजी हुई देह सहलाने के साथ गिरजा बड़बड़ाती जा रही थी–"भगवान् जाने ई चउकीदारी ते कब जान छुटिहै···बंगला वाले तो हमका कुत्ता-बिल्ली समझत हैं···उनकर घर-परवेस औ' हमरा बनवास साथै होत है, मगर ई महामुनी तो आकासे मा हिलिगे रहत हैं···," यह कहने के साथ उसने गोपी की ओर देखकर विरक्ति से गरदन झटकी और मुनिया को लिटाने का उपक्रम किया।

गोपी आँखें मूँदे दम लगा रहा था। उसकी निर्लिप्त मुद्रा देख लगता था कि उसने घरवाली के व्यंग-बचनों को धुएँ के साथ निगल जाने की ठान रखी है, लेकिन उसकी गुर्राहट गिरजा के चुप होने की राह देख रही थी–"नसुड्डी ! तू फिर हमरे रुजगार का कोसे लागिउ ? अरे, एक बंगले मा चार-छह महीना रहे का मिलत है तो का, महरानी अइसी रहती नाहीं हौ चार-चार कमरन मा ?"

" महारानी नाहीं कपार !" गिरजा तड़प उठी–" कमरा-बरांडा बुहारत-पोंछत कमरि चिलकि जात है। दिन-दिन भर खिड़की-रोसनदान ताकित हैं कि कौनों उधमी लौंडवा गुम्मा मारिके चूरि न कर डारे···औ' रात मइहाँ आँखें फाड़े रहति हैं चुरौना खातिर, तब जायके मालिक लोग सौ रुपिया हथेरी पर धरत हैं। दस-पाँच रुपिया उध ार लै खातिर घण्टा भर तो घिघियात हौ औ' गुब्बारा अइसे···"

"चोप्प ससुरी !" गोपी भन्नाकर चीखा और अपनी मुँहफट औरत का गला टीपने को हुआ, लेकिन परिणाम सोचकर ढीला पड़ गया और चिलम फेंकता हुआ ऐंठ दिखाने लगा–"देहात मइहां कुनबे भर की चाकरी करति रही औ' बासी-तिबासी खायके कुठरिया मा ढुनगी परति रही। हिन खाए-पिए औ' मस्ताए की आजादी मिली आय, फिरहू नखरे देखौ···"

"अइसी आजादी लइके चाटी ?" गिरजा की उबलन फूट पड़ी–"न बचवा का खवाय-पहराय सकित हैं, न इस्कूल भेज पावत हैं," कहने के साथ उसने किसन को आगे कर दिया–"एहिकी सूरत तो देखों जरा। दुई ठो कापी-किताब लायके धरे नहीं कबहूँ कि दुई अच्छर पढ़े लायक बन जात···मुनिया का देखौ, खाँसी-बुखार के मारे ···अइसे कठकरेजी के घर जनम लिए हैं बेचारे···" कहते-कहते उसका गला रुँध गया और आँखें उमड़ आईं।

चिटखते अंगारों के बाद बारिश होते देख किसन सहम गया। उसने माँ की पिघलती हुई आँखों को, फिर बाप के पथरीले चेहरे की तरफ देखा। उसका बाल-मन

बड़ों के अटपटे व्यवहार की डोरियों में उलझ गया था। गिरजा ने हुमककर उसे चिपटा लिया।

कुछ देर अचल बैठे रहने के बाद गोपी ने गरदन झटककर अंगड़ाई ली और चिलम को उसके ठिहे पर पहुँचा दिया। उसकी पस्त निगाह बंगले के इमारती फैलाव को समेटती हुई अपने तार-तार हो चुके कपड़ों पर ठहर गई। उसने चारदीवारी से लिपटी हुई सेम, लौकी और तुरई की बेलों को और क्यारियों में झूमते हुए सतरंगे फूलों को गहरी कसक के साथ देखा। जंगल के बीच बने हुए इस महल को चमकाने-महकानेवाले की हैसियत क्या है, नौकर की ही न। ऐसे बंगलों की रखवाली और सँभाल वह इतने वर्षों से करता आया है। क्या इनके मालिकों ने कभी उसे ऊपर उठने का हौसला दिया, कभी बेहतरी का रास्ता दिखाया ? जितनी बार यह सवाल उसने अपने आप से पूछा, हर बार उसे जवाब मिला—नहीं।

खदर-बदर सुनकर गोपी के सोच की लड़ी टूट गई। पड़ोसी गाँव के परमेसुरी का भतीजा शंकर उसकी दोनों भैंसों और पड़वों को हाँके ला रहा था। क्यारियों को छोड़ वह बाहर आ गया। पशु उसकी ओर चले आए। उन्हें थपक-सहलाकर वह चारे-पानी का जुगाड़ करने लगा।

दूध दुहते समय गोपी के मन में अंधड़ चल रहा था। भूरी-कजरी के नीचे तीन-सवा किलो से ज्यादा दूध नहीं हो पाता, जबकि बीते फागुन में इसी जोड़ी से आठ-नौ किलो दुह लेना बड़ी बात न थी। उन दिनों वह जैसवाल सेठ के प्लॉट पर था। नींव-भराई के समय सेठ ने उसकी जिन्दगी बनाने का वादा करके ठेकेदार की मदद करने को कहा था। उस 'मदद' में अक्सर खटारा साइकिल पर बारह किलोमीटर की दौड़ लगाकर गद्दी की हाजिरी भरना और इमारती सामान के लिए दौड़-धूप करना शामिल था। बीती बातें याद करके गोपी का रोआँ-रोआँ सुलग उठा था। बंगले की रंगाई-पुताई होने के साथ सेठ ने भी अपना रंग दिखा दिया था। रेहन की शर्त पर वादा निभाने की बात सुनकर उसके भोले मन की साध झुलस गई थी।

सेठ के बाद अस्थाना बाबू, फिर मेहता साहब के हाथों छले जाने के बाद उसने बच्चों के सिर पर हाथ रखकर कसम खाई थी कि वह अब बड़े-बड़े बंगलों के तंगदिल मालिकों के झाँसे में नहीं आएगा, चाहे उसे कुछ भी···

"बप्पा चलो, अम्माँ रोटी खाए का बुलावत हैं।" किसन की प्यारी पुकार सुनकर उसकी खौलन थम गई। बेटे की भोली सूरत पर नज़र डालते ही उसके भीतर कुछ पिघलने लगा। किसन को दुलारता हुआ वह साथ चल दिया।

संकटमोचन मन्दिर के भोंपे ने आरती खँखारकर भोर की आहट सुना दी। गिरजा चिहुँककर जाग उठी। थकान और नींद ने उसे घेर रखा था, लेकिन देर होने के डर से वह छत से उतर आई। कमरा बुहारने चली थी कि कमर में दर्द की लहर दौड़ गई। उसने होंठ दबाए-दबाए सारे काम निपटा डाले। खेत जाने से पहले उसने बच्चों पर नज़र डाली। वे गहरी नींद में डूबे हुए थे।

गिरजा को खेतों की मामूली दूरी भी पहाड़ लग रही थी। उसकी पिण्डलियाँ भर गई थीं और सारी सूजन कन्धों-बाँहों में रिस आई थी। पिछले दिन उसे खन्ना मालकिन के घर रहना पड़ा था। बच्चों को अकेले छोड़ने का उसका ज़रा भी मन नहीं था, लेकिन गुप्ता मालकिन की मनुहार और भरपेट खाना मिलने के लोभ ने उसे बेबस कर दिया था। काम का ओर-छोर नहीं था। बुहारू-पोंछा और घण्टे-घण्टे भर में हैंडपम्प चला-चलाकर अड़ंग-भर बर्तन मलना। दुपहर में घड़ी भर को घर आने के सिवा वह शाम तक वहीं खटती रही। सात बजे जब किसन रोती हुई मुनिया के संग आया, उसने बच्चों के लिए खाना निकाल देने की बिनती की। खन्ना मालकिन ने मेहमानों के सामने ही उसे घुड़क दिया और काम में जुटा दिया। नौ बजे के आसपास मालकिन ने उसे चौके में बुलाया और बड़े एहसान के साथ दो रुपये और खाना दिया—कचौड़ियों का चूरा, दही बड़ों का जूस और चाशनी-डूबी बूँदी के गुम्मड़। उसने छलछलाई आँखों से मालकिन को देखा था और रुपयों को बधाई के साथ लौटाकर लौट आई थी।

रास्ता तय करने के बीच वह कडुवी यादों को घूँटती रही थी। धुनकी से उड़ते हुए रुई के फाहों की तरह उसके सोच के टुकड़े तैर रहे थे। देह की थकन-टूटन दो-चार दिन की थी, लेकिन पूड़ी-मिठाई की आस में दिन भर मुनिया को सँभाले बैठे किसन की चमकती आँखों में राख झोंकते समय जो बर्छी उसके कलेजे में घुपी थी, उसका घाव जिन्दगी भर पुरनेवाला न था। खेत से घर के बीच गिरजा का सोच इरादे में ढल चुका था। वह घास छीलकर, कण्डे पाथकर गुजारा कर लेगी, लेकिन बंगलों के भीतर नहीं झाँकेगी, कभी फटकेगी भी नहीं उन बेदर्द मुटल्लियों के पास···

पुलिया लाँघकर आते ही उसने छत पर खड़े किसन को देखा। वह हाथ का इशारा करके चिल्लाया, "अम्माँ हो, मुनिया चदरा भिजो दिए है अउर पिनपिनाय रही है···हम उतरि आई ?" "बचवा, हुनहि रहियो", गिरजा ने लोटा माँजते हुए कहा, "कजरी दुहिके आवत हैं।" किसन ठिनकने लगा। उसे पुचकारती हुई गिरजा उठ खड़ी हुई और तेज़ हाथ चलाने लगी।

तभी उसकी दृष्टि लाल कुएँ की ओर से आते हुए मज़दूरों पर पड़ी जो काम करने के लिए नई बस्ती की ओर जा रहे थे। हाथ का काम छोड़कर गिरजा उन्हें देखने लगी।

बड़ी सड़क पर दो कतारों में चल रहे वे करीब चालीस औरत-मर्द थे। मर्द

अपने चौड़े कन्धों पर फावड़े-कुदाल टिकाए, कुछ झोलों में औजार टाँगे खामोश चल रहे थे। नीली-जामुनी धोतियों में सजी हुई औरतें सिरों पर पोटली रखे हँसती-बतियाती चली जा रही थीं। उन्हें इतने पास से और इतने ध्यान से कभी नहीं देखा था उसने। उनके दमकते चेहरे, तनी हुई गर्दन और खनकती हँसी गिरजा को खींचे ले रही थी। छोटे-छोटे बच्चों को कमर पर झुलाने के साथ तेज़ कदम रखती वे साँवली-गठीली मजदूरिनें उसे किसी और ही दुनिया की लग रही थीं।

मर्दों के संग कदम-ताल करती उन औरतों को देखकर गिरजा का मन काँटों से बिंध गया। बेचारगी की घुटन और गुलामी की जकड़न कसैले धुएँ की तरह उसकी आँखों में भर गई। मुनिया को लेने जाते समय उसकी आँखें कुहरा छाँट रहे सूरज पर बरबस टिक जाती थीं।

बड़ी सड़क पर सधे कदम रखते ही गिरजा को लगा, पछुआ के झोंके उसका हौसला बढ़ा रहे हैं। मुनिया सिहरकर उससे चिपट गई और किसन ताली बजाता हुआ साथ-साथ दौड़ने लगा। पानीवाली टंकी अभी दूर थी। उसके चारों तरफ बिखरे हुए प्लाटों पर काम चल रहा था। मजदूरिनों के मार्फत ठेकेदार से उसकी बात हो चुकी थी। गिट्टी फोड़ने का रेट तय करते समय उसके झुके हुए कन्धे तन गए थे। घर और जानवर ताकने की जिम्मेदारी शंकर की दादी ने ले ली थी। मजदूरिनों के बच्चे ईंटों और पुआल के बने घेरे में गोबर लिपे फर्श पर बूढ़ियों की निगरानी में खेल रहे थे। गिरजा ने भी कथरी बिछायी, मुनिया को दूध पिलाकर लिटाया और किसन को उसके पास छोड़कर काम करने चली गई।

शाम को पाँच बजे फौजी डिपो का भोंपू बजते ही सबने काम रोक दिया, हाथ-मुँह धोए और पैसा लेने के लिए लाइन लगा ली। कागज पर अंगूठे की छाप लगाकर रुपये लेते हुए गिरजा के हाथ थरथरा रहे थे। दिन भर की मेहनत का फल खूँट में बँधे होने का एहसास उसमें उमंग भर रहा था। मेहनत तो अब तक वह करती ही आई थी। सुबह से शाम, दिन महीने-बरस खटती ही आई थी वह और बदले में पाती रही थी—थकान, भूख; बेबसी, बेइज्जती··· । पहाड़-सी ज़िन्दगी को साधकर, तिल-तिलकर मरने के बीच, मजदूरिनों को सुबह-शाम देखना गिरजा को उलझा जाता था। खुद से पूछा करती थी वह, इतनी मेहनत के बाद भी इनकी पीठ कौन सीधी कर जाता है ? थकान से चूर होने पर भी इनका चेहरा क्यों दमकता रहता है, आँखें क्यों चमकती रहती हैं ? मुनिया और किसन के संग घर लौटते समय उसे अपने सवालों के जवाब मिल गए थे।

साथिनों के राम-राम करके गिरजा ने अपनी डगर पकड़ी। कुल नौ घण्टों में ही उनसे वह नाता जुड़ गया था जो सगे-सम्बन्धियों और कॉलोनीवालियों के साथ इतने

वर्षों में भी न बन पाया था। यह एक-दूसरे का सुख-दुःख समझने का, साथ-साथ सपने और उम्मीदें सँजोने का नाता था। इस ज़रा-से संग-साथ ने उसके जीने की राह बदल दी थी।

कल्पना में डूबते-उतराते हुए उसने रोटी-साग बनाया। अब वह उस पल की आस में थी, जब गोपी गाँव से लौटकर उसकी अपनी कमाई को भौचक आँखों से देखेगा और अपनी हथेली में भींचेगा। यही बुनते-गुनते उसने चौका समेटा और उनींदे बच्चों को खाट पर लिटा दिया। शाम गहराती जा रही थी। गिरजा ने बच्चों को पास बिठाकर सड़क पर निगाहें जमा दीं। तेज़ भागती हुई गाड़ियों के अलावा गिनती की साइकिलें दिख रही थीं। उम्मीद की पतली डोर थामे वह साइकिल-सवारों को देखती जा रही थी। आखिरकार जब उसकी आँखें जलने लगीं और बंगलों की बत्तियाँ बुझने लगीं, उसका थका शरीर बच्चों के पैताने लुढ़क गया।

चौथे दिन गोपी भरी दुपहरी में गाँव से लौटा। गेट पर ताला लटका देख वह चकराया। शंकर की दादी से गिरजा की दिनचर्या जानकर वह तिलमिला उठा और बिफरता-गुर्राता आसपास मँडराता रहा।

गिरजा को लौटने में देर हो गई थी। प्लॉट पर लिंटल का काम चल रहा था। छुट्टी मिलते-मिलते सात बज गए थे। किसन उस दिन पहली बार घबराया था और बप्पा-बप्पा रट रहा था।

गिरजा ने पुलिया के पास से ही गोपी को देख लिया। वह गेट के आगे बजरी के ढेर पर बैठा बीड़ी फूँक रहा था। गिरजा को देखते ही वह खड़ा हो गया। किसन उसकी तरफ दौड़ा, पर गोपी ने "हट बे !" कहकर उसे धकेल दिया। मुनिया भी किलककर कसमसायी, पर सहमकर माँ से चिपट गई।

गोपी के तेवर देख गिरजा ठिठकी, फिर गाँव-घर की राजी-खुशी पूछने लगी। गोपी अनसुनी करके डौंका, "इत्ती बेरा छुट्टी मिली है तुहिका ? हम ससुर घंटन ते कूकुर अस फिरत आहीं। बोल, काहे मजूरी करे गई हथी ?"

गिरजा की आँखें भर आईं। भूख और अपमान की पीड़ा से थरथराते हाथों से उसने चाभी निकाली और बच्चों को लिए लिए गेट की तरफ चली। गोपी चाभी झपटकर चिल्लाया, "जवाब काहे नहीं देतिउ ? बोल, नाहीं अबहीं टेंटुआ चाँपत हौं।" क्रोध और आहत दर्प की ज्वाला से धधकता हुआ उसका दुबला शरीर ऐंठ रहा था।

गिरजा कुछ नहीं बोली। उसने अपने भीतर काँच-जैसा कुछ टूटने की आवाज सुनी। गोपी के पीछे खामोश चलती हुई वह आँगन में आ गई और बेजान-सी खटिया पर बैठ गई। गोपी हैंडपम्प की तरफ जाने लगा। डबडबाई आँखों से उसकी धुँधलाती पीठ देखते हुए उसने कहा, "टेंटुआ दबाये ते बिपदा टरि जायी ? बच्चन का पाले-पोसे

का इंतिजाम करि लेव फिर···, हमार का है—जिन्दा रही, चाहे मरी।'' अपनी बात का असर जाँचने के लिए थमे बिना उसने मुनिया को गोद में लिया और उस पर आँचल करते हुए कहा, ''तुम्हरे अइसे पाथर तो हम बन नाहीं सकत हैं कि बाल-बच्चन का भगवान-भरोसे छांडिके अंते डेरा डारे रहें···ई देखो,'' उसने अपनी हथेलियाँ दिखाते हुए कहा, ''पिलाटन मा गिट्टी फोरी है···गारा ढोवा है, जब जायके कहीं दुई रोटी का इन्तजाम भवा है···''

गोपी ने चिहुँककर गिरजा को घूरा। उसके उलाहने में लिपटी छटपटाहट और नाउम्मीदी तो वह महसूस कर ही रहा था, यह भी भाँप रहा था कि अपनी तलाश की ओर कदम उठा चुकी इस औरत पर जोर-जबर्दस्ती कर पाना मुश्किल है। स्थितियों के इस घुमाव पर आकर वह उलझ गया और खटिया से थोड़ी दूरी पर उकड़ूँ बैठकर अपने चुक जाने से पैदा हुए बेगानेपन के भाव से पत्नी और बच्चों को निरखने लगा। गिरजा ने उसे यों खाली-खाली भाव से ताकता पाकर खुद को बरज दिया और सहज विनम्रता से उसकी ओर कई नोट बढ़ाकर अपनापे से कहा, ''लेव, सम्भारो। हमका आज तीन दिनन की मजूरी एकै साथ मिली है।''

''मजूरी !'' गोपी ने तड़पकर मानो अनचाहे दुहराया ! गिरजा की हथेलियाँ खाली करते समय वह सकुचा गया और उलाहनों की कसक लील गया। नोटों की छुअन पाते ही उसकी सारी कुढ़न और ऐंठ लापता हो गई। चिलम की तलब को दबाकर उसने बेहद नर्मी से गिरजा का कन्धा छुआ और अभी तक अजनबी बनी रही शहद और चिकनाहट-पगी आवाज में कहा, ''जानदेव, बहुत उलटा-सीधा सुनावा है तुमका···का बताईं, हमहूँ ससुर चूतिया-चक्कर मा फँसे रहे इत्ते दिन···अच्छा, अब तुमका कहूँ जाने की जरूरत नाहीं। हम जुगत करहि रहे हैं। कुछ-न-कुछ हुइहै जायी।''

गिरजा गुनना-बुनना भूल रोष से फट पड़ी—''तुम्हरे किए कुछौ भवा है कि अब हुइ जाई ? बच्चन का टांगिके मजूरी करे न जातीं तो आज···,'' स्थितियों के लावे को वह गोपी के मलंगपन पर उड़ेल देना चाहती थी, पर बच्चों के उतरे हुए चेहरों का ध्यान करके वह सारा रोष पी गई और उन्हें साथ लेकर चौके में चली गई।

गोपी तपता हुआ माथा पकड़े बैठा था। निकट अतीत की घटनाओं की स्मृतियाँ घुमड़ रही थीं···तय करके गाँव गए रहे कि दुई तीन गोरू लायके चट्टा सुरू करिहैं···हिस्सा तो माँगत नाहीं रहे···धन्धा चलत तो हिसाब करहि अउते, मुला बप्पा-दद्दा अइसे बखत पीठ फिराइन हैं कि···, खैर, कोउ हरज नाहीं, उसने लम्बी साँस भरकर खुद को स्थिर किया—जब उइ भरमानवाले दिन नाहीं रहे तो इ तरसान वाले दिन भी नाहीं रहिहैं···।

सोच के इस पड़ाव पर आकर गोपी को लगा, जैसे अभी इतना नुकसान नहीं हुआ है कि हाथ-पाँव ढीलकर गिरजा पर सारा बोझा···नहीं, अब वह बचे-खुचे को

समेटकर नई शुरुआत करेगा। जोश और उमंग की फुरहरी ने उसकी छाती पर रखा बोझ हटा दिया। उसकी तलब भड़क उठी, पर शायद चिलम की जरूरत अब नहीं थी उसे। चूड़ियों की खनक सुनकर उसने गर्दन घुमाई। गिरजा चाय-पराठा लिए खड़ी थी।

थाली-गिलास लेते समय गोपी ने गिरजा को देखा। उसकी आँखों से विषाद की धुंध छँट चुकी थी। कुम्हलाया चेहरा चूल्हे की आँच में तपकर निखर आया था।

चलने से पहले गिरजा ने गोपी को देखा तो ठिठकी रह गई। उस लड़ासे-खौरियाए मर्द की परछाईं न जाने कहाँ बिला गई थी।

''तुम जरा बच्चन का सुवाय आओ,'' चाय सुड़कना रोककर, गिरजा को ध्यान से देखते हुए गोपी ने कहा, ''एक जरूरी सलाह करे का है।'' गिरिजा अचकचायी—''अच्छा, अबहीं आवत हैं,'' और किसन को पुकारती भीतर चली गई।

थोड़ी देर बाद गिरजा काम निपटाकर आई तो देखा, गोपी दालान के फर्श पर अधलेटा बीड़ी फूँक रहा था। गिरजा ने अटकते-अटकते पूछा, ''का भवा, गोरू नाहीं मिले ?''

गोपी झट उठ गया और कसैला मुँह बनाकर बोला, ''इन छलछंदिन के दुआरे थूके न जाब।'' उसका शरीर क्रोध से थरथराने लगा, लेकिन उसने जल्द ही खुद पर काबू पा लिया और सिर तानकर कहा, ''भगवान् पेट दिए हैं तो हाथ-गोड़ भी दिए हैं।''

''तो फिर···?'' गिरजा की जिज्ञासा में आशंका गहरा आई।

गोपी कुछ क्षण मौन रहा, फिर कजरी को उदासी से ताकते हुए बोला, ''इनके भरोसे जिन्दगी न पार होई। परौं बाजार जायके सौदा करे का है। गिरे-पड़े दुई हजार कहूँ गए नाहीं।''

''इनकइहां बेचि डरिहौ ?'' गिरजा ने पशुओं को जैसे कहीं बहुत दूरी से देखते हुए टूटे स्वर में शंका जतायी—''इत्ते रूपयन मा कौन रुजगार धन्धा करि पइहौ ?''

'रूजगार नहीं, नवा रिक्शा बंधाब,'' कहते समय गोपी का उत्साह छलक रहा था—''बेगार करे ते अच्छा है पौरूष का भरोसा करी।'' ''तु···म रिक्शा चलइहो ?'' गिरजा ने चिन्ताकुल स्वर में सुझाना चाहा—''कौनो हलका काम···?''

''तुम जरकौ फिकिर न करो,'' उसे भरपूर नजर देखकर गोपी ने बेपरवाही से कहा, ''अभी हमरी देही मा बहुत दम है···औ' हम का अनोखे रिक्सावाले होइहैं ?'' उसने मुस्कराकर कहा और गिरजा की सहमति चाही, पर वह गोपी के सोच से जुड़ती हुई कहीं और चली गई थी—शायद नई बस्ती में, नये साथियों के बीच।

1982

हिसाब

नवजीवन कॉलोनी-परिसर में हैंडपम्प से अधिक मंगलवर्षक उच्चारण शायद ही कोई रहा हो। कॉलोनीवासियों की स्नायुविक स्थिरता हैंडपम्पों के स्वास्थ्य द्वारा नियंत्रित थी। थकेमाँदे गृहस्वामी सुमुखी का वर्णपट देखकर ही जूते खोलने बैठते और बाल-गोपाल बस्ता फेंकने के बाद बगीचे के ताज़े खिले गुलाब को सहलाने, पके अमरूद पर ढेला फेंकने और भोजन की जगह 'कुछ' लेने के लिए फैल मचाने के पहले पानी की साफ और मोटी धार देखने के लिए दौड़ जाते। पम्प के इस्तेमाल में बरती गई लापरवाहियों पर केन्द्रित नसीहतें, तकरारें और झिड़कियाँ घरों में गूँजती रहतीं।

ये मनमौजी हैंडपम्प भाव से अभाव जगत् में संक्रमण करने में प्रवीण थे। किसी सुहानी सुबह वे अपने गुणग्राहकों के मन-प्राणों में गहरी उसाँस की सिहरन भर देते। 'कॉलोनी कल्याण कमेटी' की आपात बैठकों में बहसें चला करतीं, जो प्रायः पोस्टकार्ड अभियान छेड़ने और निर्माणाधीन ट्यूबवेल की अगति के विरुद्ध प्रतिकार दर्ज कराने के लिए जलसंस्थान तक का 'लांगमार्च' करने जैसे व्यापक विकल्पों का शिखर छूकर, पहली फुरसत में हासिल होनेवाले कारीगर की तलाश तक लुढ़क आतीं।

परिसर में कामचलाऊ पम्प सुधारकों का टोटा न होने पर भी ज़रूरतमंदों को बोरिंग के लिए अथवा टूटफूट होने पर शहर का ही मुँह देखना पड़ता था, लेकिन आठ-दस किलोमीटर जाना और किसी गुणी कारीगर को साथ ले आना दो अलग बातें थीं। किस्म-किस्म के शर्मा-विश्वकर्मा बन्धु नई फिटिंग के ठेकों को तरज़ीह देते थे। बिरले पर्सबली ही उन अजगरों को साथ ला पाते थे। अधिकांश को तो वहीं लम्बा बीहड़ लाँघकर अनाज-गोदाम की चीनी दीवार तक पहुँचना पड़ता था, जिससे सटी हुई 'जयहिन्द निर्बल बस्ती' में कुछ मिस्त्री-मजदूर रहते थे।

बस्ती में जमील नाम का एक मेहनती कारीगर अपनी तरह के खस्ताहाल बसेरे

में अपने छोटे और दुखी परिवार का पेट पाल रहा था। बुनकरों के गाँव में जन्मने के बावजूद वह तीन साल पहले शहर भाग आया था और जूट मिल के एरेक्शन खाते में एवज़ीदारी करता रहा था। ठेकेदार को खुश न रख पाने की सजा के रूप में 'रेशनलाइज़ेशन' का कुल्हाड़ा जिन कारीगरों पर पड़ा, उनमें जमील भी था। मिल का व्यापक अनुभव उसे कॉलोनी में फँसाए रखता था। प्लम्बरिंग का इस्टीमेट देना हो, असली बारदाने को थोक बाज़ार से खरीदवाना हो अथवा हैंडपम्पों के विद्रोह से उत्पन्न हाहाकार को शांत करना—सभी कुछ जमील को क़ामयाबी की शर्त के साथ करना पड़ता था।

कॉलोनीवासियों की अथक सेवा का प्रतिफल जमील की खुशहाली के रूप में झलकना चाहिए था, पर उसकी सारी मेहनत उसकी नेकी पर निसार थी, जो उसे दस रुपए की उज़रत के दो रुपए रखने को राज़ी कर लेती थी। काइयाँ गृहस्वामी जमील का अर्क़ निकालने के बाद उसकी पीठ थपथपा देते थे और 'कोई काम पड़े तो बताना' कहकर खाली हाथ दरवाज़ा दिखा देते थे।

सौग़ातों की खरोंचें सहलाता जमील घर लौटता तो बीवी रज़िया आठ-आठ आँसू रोती। घावसिंकाई के साथ ही कोसने जारी रहते—"अरे तुम आदमी हो या कीड़े ? जब जिसका जी चाहे, तुम्हारा खून निचोड़ ले और बेइज्जत कर ले, लेकिन तुम्हारे मुँह से चूँ न निकलेगी। बाहर तो हर नाइंसाफी सह जाते हो, बस हमारे ही आगे अकल छाँटते हो। या अल्ला, वो दिन जल्दी आए, जब इस बैल की ग़ैरत जागे और ये अपना हक लेकर घर लौटे।" गुस्सा थमता तो आँखें बरसने लगतीं—"अरे, एक हमीं मिले थे इस कोयले के साथ घिसने के लिए और सारी जिन्दगी धुआँ पीने के लिए ?"

इस तूफ़ान और बारिश के बीच रास्ता खोजता जमील अपने बच्चों के बीच रम जाता था।

कॉलोनी के पूर्वज, उस्मानपुर गाँव के किसी वक्त के जमींदार कटारसिंह का सपूत प्रतापसिंह दूसरों के पसीने से गुलाब खिलाने के फ़न में माहिर था। कटारसिंह तो खैर दिनोंदिन सिकुड़ते अपने फार्म और बग़ीचे की देखभाल खुद करने लगे थे, पर कुँवरजी की कारगुज़ारियों और महफिलों की सेहत बुलंद थी। सुबह-सुबह जब ठाकुर साहब फार्म के लिए निकल रहे होते, प्रताप खरीदी हुई रातों की खुमारी को चुभला रहा होता। दिन चढ़ते-चढ़ते उसकी बैठक दलालों और मुसाहिबों की आमद झेलने लगती। झाग, धुएँ और ठहाकों से सराबोर माहौल में शेख़ियों का सिलसिला जारी रहता, जो किसी बेसब्र तक़ादगीर की धमकियों से टूटता, या फिर खुद ठाकुर साहब की गर्जना से। घर के हर कोने में भिनकती बदइन्तजामी देख उनका सिर भन्ना उठता और वे

प्रताप की मस्ती को लेकर उसकी वह दुर्गति करते कि वह धरती में समाने का प्रण कर लेता, लेकिन पिताश्री के पीठ फिराते ही वह धूल झाड़ देता और सिंह परिवार की भैंसागाड़ी फिर अपनी चाल पकड़ लेती।

प्रताप की मस्ती रंग लाई। एक दिन ठाकुर साहब कुछ मेहमानों के साथ बैठक में थे। नाश्ते के बीच ठण्डे पानी की गुहार लगी। घर के छोटों-बड़ों को साँप सूँघ गया। बूढ़ा फ्रिज जवान कंप्रेशर की आस में बेहाल पड़ा था। नौकर महावीर बर्फ के लिए बाज़ार जाकर खाली हाथ लौट आया था। खासी मेहनत के बाद हैंडपम्प से जो पानी बरामद किया गया, वह छानने के बाद भी बदरंग और बेस्वाद निकला। मेहमानों के विदा होते ही ठाकुर साहब ने रौद्र रूप दिखाया और पम्प के साथ-साथ प्रताप के सुधरने तक फार्म में ही रहने का फैसला सुना दिया।

पिचके हुए बर्तनों, काँच के टुकड़ों और औंधी पड़ी मेज-कुर्सियों के बीच खड़े प्रताप के मन में पछतावे का दुरमुठ उसकी गैरज़िम्मेदारी की हड्डियाँ कूट रहा था। बोरिंग के लिए पिता से मिली रकम को वह बोतल की काग के साथ उड़ा चुका था। इस बीमार और नकचढ़े हैंडपम्प की सूरत से उसे चिढ़ हो रही थी। उसने टैनरी मालिक अमीरजादों के साथ सैर-शिकार का प्रोग्राम बनाया था। ताश के मैच में उसका हुनर वारे-न्यारे करने को था। मौजमस्ती के सरंजाम तय थे, लेकिन एक पिद्दी-सी चीज़ उसे दिन में तारे दिखा रही थी।

प्रताप हाथ बाँधे टहल रहा था। सोच का किनारा उसके हाथ नहीं आ रहा था। अचानक गले में पड़ी मुसीबत उसकी नसों को ऐंठ रही थी। कोई होशियार कारीगर ही उसे मुक्ति दिला सकता था, लेकिन इतनी जल्दी कौन मिल सकता था।

···जमील ?

सोच के इस पड़ाव तक आते-आते उसकी बेचैनी बढ़ गई। उलझन और गिरे-गिरेपन के बीच उसे लगा कि कोई चमत्कार ही जमील को उस तक ला सकता था। पिछले दशहरे पर डिस्टेम्पर कराने के समय कितना बवाल मचा था ! कैसे उसने मजदूरी के पैसे फेंके थे···और गालियाँ सुनकर कैसे भड़क उठा था वह ! उस वक्त उसके तेवर देखकर भला कोई याद कर सकता था कि यही शख़्स कभी कितना मासूम और बेचारा-सा हुआ करता था और दूसरों के घर काम करके रोटी-नमक जुटानेवाली अपनी बीवी पर बोझ बना रहता था ?

रजिया !

जमील की सलोनी और छरहरी घरवाली का ध्यान आते ही प्रताप की रीढ़ चिलक उठी। वह हसीन बला तो मिर्च है, तीखी हरी मिर्च ! एक बार बाज़ार में जरा टोहने की कोशिश की थी तो कैसा चण्डी रूप दिखाया था कमबख्त ने ! गालियाँ थीं उसकी कि इज्जत के चीथड़े करते हुए नख-पंजे ? वह तो जान-पहचान वालों ने जान बचा दी, वरना···। रोओं के उभरने के बीच उसके मन में महावीर

को जमील के घर भेजने का उपाय कौंधा, लेकिन सिर पर लटकती तलवार ने उसे खुद यह जोखिम उठाने को राज़ी कर लिया।

बीते कल की मखमली परछाइयाँ उसके आहत अहं को सहलाने लगीं। मिर्च के अचार की तासीर भी देख ली जाए इस बहाने। तर्क ने युक्ति का साथ दिया। वासना की कमान पर दुस्साहस का तीर सध गया। रोमांच से थरथराते प्रताप के पंजे मोटर-साइकिल को किक लगाते समय फिसल-फिसल जाते थे।

जमील को घर लौटने में कुछ देर हो गई थी। शहर की घनी और धनी बस्तियों में त्योहारों की तैयारियाँ चल रही थीं। फिटिंग और रिपेयर के दस तरह के कामों में अपना कमाल दिखाने की कीमत उसे झोली-भर मिली थी तो वह अपने घरौंदे को सँवारने में क्यों पीछे रहता ? वह गरीब था तो क्या···और घर कच्चा, फिर भी अपना था। उसने रंग-रोग़न के साथ और भी कुछ खरीदा था—स्टील के बर्तन, प्लास्टिक के डिब्बे, नए ढंग के खिलौने, चटाई-मोढ़े, रज़िया के लिए चाँदी की जंजीर और अपने लिए पैंतीस रुपएवाली घड़ी।

जमील को पुलक के साथ अज्ञात भय का भी अनुभव हो रहा था। सुख की कल्पना को आशंका का कीड़ा कुतर रहा था। रात के स्पेशल खाने के लिए उसने जो अण्डे, पनीर और मिठाई खरीदी थी, उसे देख रज़िया कहीं उसकी शाहखर्ची का मातम करने न बैठ जाए और उसकी उमंगों की चिन्दियाँ न बिखरा दे। रिक्शे पर सामान के बीच घिरा बैठा जमील इसी भँवर में ऊब-डूब रहा था।

रिक्शा जब कॉलोनी की सड़क पर था। बीड़ी के बण्डल के लिए जमील जेब टटोलने को हुआ, तभी एक तेज़ आवाज ने उसका ध्यान खींचा। उसने झट घूमकर देखा—चक्की वाली पुलिया के पास खड़ा प्रताप हाथ उठाकर उसी को पुकार रहा था।

जमील का मूड उखड़ गया। उसने अपने शरीर में हज़ार काँटों की चुभन महसूस की। जीभ पर एक कसैला स्वाद उभरकर नीचे उतरता चला गया। अगर वह उस समय प्रताप की रोनी सूरत देख पाता तो अपनी चिढ़ के बावजूद मुस्कराए बिना न रहता, लेकिन वह सिर झुकाए लाहौल पढ़ने और रिक्शेवाले को हाँकने में लगा था।

जमील की बेरुखी देख प्रताप ठिठका, फिर रिक्शे तक लपक आया। 'जमील भाई,' कहकर उसने कन्धे पर हाथ रखना चाहा, लेकिन जमील ने टेढ़े होकर बचते हुए कहा, "बाबू साहब, जरा दूर से। साथ में नाजुक सामान है। टूट गया तो बरसों तरसना पड़ेगा···चलो भाई, यूँ ही बहुत देर हो गई है," उसने रिक्शेवाले को एड़ लगायी।

प्रताप सुलग उठा, लेकिन फिर भरपूर चिकनाहट के साथ बोला, "जमील

भाई, बड़ी मुसीबत में फँस गया हूँ। साला हैंडपम्प दग़ा दे गया है और बाप जान ने कसम देकर हाथ-पाँव फुला दिए हैं। सच कहता हूँ दोस्त, अगर तुम साथ न दोगे तो अनर्थ हो जाएगा।''

जमील ने उसकी ओर देखे बिना सिर हिला दिया, ''हमारे पास टाइम नहीं है बाबू साहब, सो माफी चाहते हैं। थोड़ी देर में लौटकर फिर शहर जाना है,'' यह कहने के साथ उसने नयी घड़ी पर नजर डाली—''बाप रे, डेढ़ बज गया ! खुदा कसम, आज हमें दम लेने की फुरसत नहीं है। घर में भी पहाड़ जित्ता काम पड़ा है।''

''जानता हूँ भाई, त्योहार सबके लिए है,'' प्रताप ने खुद को भरसक सँभालते हुए कहा, ''लेकिन मेरी मुसीबत भी तो टालो मिस्त्री साहब। तुम्हारा घर खोजते-खोजते···।''

''अच्छा, ऐसा है कि कल संझा तक अगर हम खाली हो गए तो आपका पम्पा देख आएँगे'', जमील ने टालने के अंदाज़ में कहा और रिक्शेवाले को अपनी बेसब्री जताई—''अब चलो भी पहलवान, बैठे-बैठे पीठ अकड़ गई।''

''पीठ नहीं अकड़ी सरऊ, चरबी चढ़ गई है !'' प्रताप धीरज खोकर बमका—''बेटा, हम खूब जानते हैं कि तुम्हारे पास टाइम काहे नहीं है। फूली-फूली खाने को मिल रही है न शहरवालों की मेहरबानी से !'' प्रताप आवेश में कह तो गया, लेकिन तुरन्त स्थिति सँभालता हुआ बिछ गया—''बड़े भाई, एक बार साथ चले तो चलो। क्या पता, तुम्हारा हाथ लगाने भर से बात बन जाए।···और हाँ, तुम्हारा पिछला हिसाब भी तो बाकी है। विश्वास करो, आगे-पीछे का पूरा मेहनताना मिलेगा···और त्योहार का अलग से।''

''हमें कुछ नहीं चाहिए बाबू साहब,'' जमील ने विरक्ति से सिर हिलाकर कहा, ''एक हम न होंगे तो क्या पम्पा ठीक न होगा ? एक नहीं, दस कारीगर पड़े हैं पम्पा रिपेयर करनेवाले।''

''रिपेयर का काम नहीं है यार,'' प्रताप ने थूक के साथ तंज़ निगलकर अपनापन जताया, ''पानी में मिट्टी बहुत आ रही है, शायद बोगी चलानी पड़े। कारीगर भले ही दस मिल जाएँ, तुम्हारे जैसा बोगी चलानेवाला कहीं न मिलेगा।''

सुनकर जमील मुस्कराया, लेकिन बोला कुछ भी नहीं। प्रताप ने हिम्मत करके बात पूरी की, ''अब मान भी जाओ दोस्त। पानी के पीछे रोज झाँय-झाँय होती है। छोटे-छोटे बच्चे हैं घर में। पैसे के साथ जो सवाब हाथ लग रहा है, उसे तो न छोड़ो मेरे भाई,'' कहते-कहते बेबस हो आए प्रताप ने एक बार फिर जमील के दोनों हाथ थाम लिए।

प्रताप की रुआँसी सूरत देखकर भी जमील के चेहरे पर भावना के बादल नहीं उमड़े। वह झट रिक्शे से उतर पड़ा और दुनियादारी के लहज़े में बोला, ''बाबू साहब, आपके इलाके में जाने का दिल तो नहीं करता, लेकिन फिर आपकी मुसीबत का भी

ध्यान आता है···और जब आपकी नज़रों में हमारी इतनी इज्ज़त है तो हमारा भी कुछ फर्ज़ बनता है।''

प्रताप की जान में जान आई। ''यह हुई न कायदेवाली बात,'' उसने जबरन चहककर कहा, ''तो अब जल्दी से खा-पीकर लौट आओ, हम यहीं पुलिया पर इन्तजार कर रहे हैं।'' जमील के साथ उसके घर जाने की ललक को वह बड़ी मुश्किल से रोक पाया। जल्दबाजी में कहीं बनता काम न बिगड़ जाए। प्रकट में उसने जमील के कन्धे पर आत्मीयता से हाथ रखा और सिगरेट की डिब्बी उसकी ओर बढ़ायी, पर जमील ने बीड़ी का बण्डल निकाल लिया।

दोनों को बातें करते देख आसपास खड़े लोग पुलिया तक चले आए। वे सभी मज़दूरपेशा और प्रताप जैसों से खबरदार रहनेवाले लोग थे। उनकी निकटता ने जमील को सहारा दिया। उसने इत्मीनान से बीड़ी का धुआँ उगलते हुए कहा, ''हाँ बाबू साहब, यह तो तय रहा कि हम आपका काम करेंगे, लेकिन पिछला हिसाब करने के बाद।''

''हाँ हाँ···, कौन मना करता है ? तुम्हारे हिसाब से पैंसठ बनते हैं, तो पैंसठ सही। अब तो खुश ?'' प्रताप ने हाथ बढ़ाकर समझौते पर मुहर लगानी चाही, लेकिन जमील अपनी जगह खड़े रहकर कारोबारी अंदाज़ में बोला, ''वो हमारी पसीने की कमायी थी, जिसे आपने हमारी मजबूरी जानकर दबा लिया था। आज चुका दोगे तो एहसान नहीं करोगे···खैर, वह तो सब दिनों का फेर था,'' यह कहकर जमील रुका, फिर बीड़ी फेंककर बोला, ''ऐसा है ठाकुर साहब कि हमारे घर में भी एक काम अटका पड़ा है। अगर आपकी थोड़ी-सी मदद मिल जाती तो···'' अन्धे को क्या चाहिए, दो आँखें···और यहाँ तो चार का जुगाड़ हो रहा था। प्रताप यथासंभव संयत रहकर प्रस्तुत हुआ–''कहो जमील, हिचकते क्यों हो ?''

जमील ने प्रताप को भीतर-बाहर पढ़ते हुए कहा, ''काम कोई खास नहीं है। बस, त्योहार के पहले घर को दुरुस्त करना है। खपरैल बदलना, थोड़ी टीपटाप, फिर सफाई-रंगाई। इस बहाने थोड़ा नयापन आ आएगा ज़िन्दगी में। आप जानो, काम उठाया-धरी का है और परसों तक निपटाना है। हमारे सिवा तो कोई है नहीं जुटने के लिए। घरवाली के पास हज़ार काम हैं गिरस्ती के अब तो आप ही का सहारा है। थोड़ी मदद मिल जाती तो···।''

प्रताप का नशा हिरन हो गया। ''क्या बकता है बे ?'' वह सारा अपनापन झटककर दहाड़ा–''मैं···और तेरे घर आकर मजूरी करूँ ! मार-मार के दिमाग सही कर दूँगा। चार पैसे क्या हो गए पास में, साला औकात ही भूल गया ! अपने बाप से मजूरी कराएगा ?'' वह गुस्से से थरथर काँपता, जमील को फाड़ खानेवाली नज़रों से देख रहा था। उसका तड़कना-खौलना देखकर पास खड़े लोग मुँह घुमाकर हँसने लगे।

जमील ने प्रताप के तेवरों को जैसे कहीं दूर से देखा और शान्त भाव से कहा, "बाबू साहब, भला हमने ऐसा क्या कह दिया जो आप पाजामे से बाहर हुए जा रहे हो ? आपने हमें इज्ज़त बख्शी और घर जैसा समझा तो हमने भी अपना समझकर मदद की गुजारिश कर दी। ये रिश्ता आपके गले नहीं उतरता तो नहीं सही। किसी ग़ैर का एहसान लेना पड़ेगा, लेकिन अब आपका काम अटक जाए तो हमें लाग न देना," यह कहकर जमील ने चलने की अधीरता दिखाई।

"जमील के बच्चे, तू मेरी मजबूरी का मज़ाक उड़ा रहा है।" प्रताप ने खौलते स्वर में धमकी दी—"ये रिश्ता जोड़ने की धौंस महँगी पड़ेगी बेटा !"

"महँगी-सस्ती बाद में देखी जाएगी। मदद करनी हो तो बात पक्की करो," जमील ने आवाज चढ़ाकर कहा और प्रताप को गहरी दृष्टि से देखा।

प्रताप ने उन आँखों की भाषा पढ़कर और लोगों के चौकन्नेपन के प्रति सजग रहते हुए हथियार डाल दिए—"अच्छा, तुम्हारी यही ज़िद है तो यही सही, लेकिन अपनी हैसियत भी याद रखना। मेरी मज़दूरी देने लायक औकात है तेरी ?"

"औकात जानकर क्या करोगे बाबू साहब, अपना रेट बताओ।"

"पचास रुपए और गीली खुराकी। बोल, है बूता मुझसे काम कराने का ?"

सुननेवालों की साँस थम गई। खुस-पुस बन्द हो गई।

"मंजूर है," जमील ने जीत की खुशी से लहककर कहा और पच्चीस रुपए निकालकर प्रताप के आगे कर दिए—"यह एडवांस रखो बाबू साहब। सुबह ग़रीबखाने पर आपका इन्तजार रहेगा···या यहीं पुलिया पर आएँगे ? हम अभी थोड़ी देर में पम्पा देखने आएँगे आपके घर।"

"अब चलो भाई," कहकर उसने रिक्शे का रुख किया।

मजमे से उठते हुए कहकहों की धूल प्रताप के चेहरे पर पुत गई। उसने बड़े यत्न से अपने भीतर उमड़ते ज्वार को सँभाला और हँसनेवालों की मासूमियत पर तरस खाते हुए सिगरेट जलाई। सिगरेट की आँच में उसका इरादा पक रहा था।

रिक्शे पर बैठते समय जमील की जान चौथाई हुई जा रही थी । रज्जो तो मुझे पहले ही ख़ब्ती समझती है। यह सब सुनकर तो दौड़ा ही लेगी और बस्ती भर में फ़जीहत कराएगी। या मौला, तू ही सँभालना··· ।

जमील का डर बेबुनियाद था। हैंडपम्प सुधारकर घर लौटते समय वह आशंका से सहमा हुआ था, लेकिन रज़िया ने उसे निहाल कर दिया। शर्त की बात सुनकर भी न वह उलझी, न घबराई, बल्कि जमील को फिक्रमन्द देख हँसी से दुहरी होकर बोली, "आने दो जरा बाबू साहब को।" और उसे भींचकर सदके उतारने लगी, "अरे, पत्थर पड़े थे मेरी अकल पर जो तुम्हें कोयला समझा ! तुम तो हीरे हो, सच्चे

और नायाब हीरे…" कहते-कहते वह जमील में सिमट आई। उसकी आँखों में हर्ष और गर्व के आँसू छलछला उठे थे।

जमील हैरान था। रज़िया की बातें और उसका बरताव उसकी समझ के बाहर था। फिर भी उसने एक बेफिक्र हँसी के साथ रजिया की पीठ थपकी और उसे गिरस्ती का फैला काम दिखाया। विधाता के गढ़े उस करिश्मे को स्पेशल खाने की तैयारी में जुटते देख वह बच्चों से लाड़ करने लगा।

1986

एक नदी थी

कमरे की चाभी सौंपनेवाले रिसेप्शनिस्ट के मुख पर प्रभासित प्रफुल्लता अपने संग विस्मित जिज्ञासा टाँक लाई थी—"अरे आऽऽ प···! इतनी जल्दी वापस भी आ गए ? आपने तो सारी शाम शहर के नाम कर रखी थी ?"

"शायद एक को दूसरा रास नहीं आया," त्वरित और सौम्य उत्तर उछालकर मैं सीढ़ियाँ चढ़ गया। बालकनी के पासवाले गलियारे में खड़े सेवकों के बीच कोई विनोद-प्रसंग छिड़ा हुआ था। मुझे देखकर एक ने प्रेस करने लायक कपड़ों के लिए पूछा। उसे ठहरने को कहकर मैंने मुरारी से कॉफी लाने को कहा, फिर अपने कमरे की ओर चल दिया।

कमरे में उमस थी, सो कुर्सी लेकर बालकनी पर आ गया। बैठते ही सिहरन लगी। पहली घूँट के साथ काँपती हुई-सी 'वाह !' कॉफी की लज्ज़त को समेट नहीं पाई। सर्दियाँ पीछे छूट चली थीं, फिर भी पर्वतांचल का कुशल संवाद सुनाने आए झोंके रह-रहकर कँपा जाते थे। मौसम की छेड़ सुखद अतीत से एकरस होने के सुख में बहुत कुछ जोड़ रही थी। रूपांतरित माल रोड के नव-स्थापत्य को प्रशंसा- परस देकर मैं उस सबसे जुड़ गया, जो जितना दृष्टि के सम्मुख अस्तित्वमान था, उससे अधिक स्मृति और संवेदना में—माल रोड के बीचोबीच वृक्षों से निर्मित सघन छाया गली और उस पार हरित विस्तार को अपने अंक में समेटनेवाला गांधी मैदान··· नाती-पोतों वाला बरगद···कुआँ···चबूतरा···प्रतिमाएँ···टाउनहाल और उसके भग्न छज्जों-कंगूरों पर बैठे कबूतरों के झुंड···।

मैं खाली कप रखकर खड़ा हो गया और तांबई से श्यामल होती संध्या-छाया का नर्तन देखता रहा। ये अनुभूति-सघन क्षण शहर में ढाई घंटे बिताने का परितोष दे रहे थे, साथ ही कल सूरज उगने के साथ शुरू होनेवाली दिनचर्या को व्यवस्थित करने की सुविधा भी। बचपन के साथ छूट गए इस शहर ने मुझे अक्सर बुलाया है। इच्छाएँ कुलबुलाती रही हैं 'नार्थ जोन' के अपने दौरों में से किसी एक को यों

नियोजित करने के लिए कि एक दिन, एक पूरा दिन इस शहर के संग बिताने को मिल जाए, पर उन अतृप्त इच्छाओं को सद्‌गति नहीं मिल सकी थी; कभी रेलवे टाइम टेबुल ने लंगड़ी लगा दी तो कभी असंतुष्ट असामियों से मिले तनावों ने संध्या-नायिकाओं के प्रति निर्मोह बना दिया। मैं गहरी साँस लेकर इस शहर से 'विदा' कहता रहा हूँ। इतने वर्षों बाद उन साँसों के बीज मेरे नियोजकों के लिए महत्त्वपूर्ण अनुबन्ध बनकर मेरे मन-मरु में अँखुआए थे।

'मूवमेंट आर्डर' क्या मिला, शहर के लिए हुड़कते मुझ अन्धे को दो आँखें मिल गई थीं। देश विदेश में सी. एन. सी. (संगणक-नियंत्रित) मशीनों के 'कंट्रोल' तथा 'डिस्पले पैनल्स' की आपूर्ति करनेवाली मेरी संस्था के लिए शहर के एक सार्वजनिक उपक्रम का अनुबन्ध जीतना उसके प्रबन्धन के लिए भले ही एक और उपलब्धि रही हो, मेरे निकट वह एक चमत्कारिक संयोग ही था। 'फिज़िबिलिटी रिपोर्ट' के लिए विवरण संग्रह करने का दायित्व मुझे सौंपा गया था। सहकर्मियों को मेरी दशा का शायद ही भान था। कागज़ात और मार्ग-व्यय लेते समय मन सेमल के फाहों-सा उड़ा जा रहा था।

सहकर्मियों से विदा लेकर मैं अपनी मेज पर आ गया था और अनगिनत बार देखी जा चुकी उस पत्रिका के पृष्ठों को उलटने लगा था, जिसमें रजत की नयी कहानी प्रकाशित हुई थी। पत्रिका यों भी मूल्यवान हो उठी थी कि उसमें रजत का पता भी था। कहानी को एक बार और पढ़ूँगा, एक-एक वाक्य को गुनूँगा, मैंने तरंगायित होते हुए सोचा था और पत्रिका को फोलियो में सहेज लिया था।

सफ़र के बीच पत्रिका सामने खुली पड़ी थी, लेकिन मैं कुछ पैराग्राफों के आगे नहीं पढ़ सका था। अक्षर पिघलकर धुँधले हो जाते थे और उस धुंध में से रजत का चेहरा प्रकट हो जाता था—घुँघराले बालों वाला लम्बोतरा, उदास और गुस्सैल चेहरा। पराजित होकर मैंने पत्रिका को रख दिया था और खिड़की पर से गुजरते दृश्यों की पृष्ठभूमि में उसकी आकृति को उभरते-डूबते देखने लगा था।

…और तभी मेरी आँखों के आगे नवीं कक्षा की मासिक परीक्षा के परिणाम निकलनेवाला दिन ठहर गया था। कक्षा में बेंच के साथियों के रूप में होते हुए भी हम कड़े स्पर्द्धी थे। अंग्रेजी की परीक्षा विद्यालय के सर्वप्रिय अध्यापक गांधीजी लिया करते थे। उस दिन गांधीजी ने प्रथम आनेवाले छात्र के अंक सुनाए थे—दस में साढ़े नौ ! तालियों के बीच रजत गांधीजी के पाँव छूकर पुरस्कार ले आया था। "द्वितीय पुरस्कार—आठ अंक !"…और मैंने स्वयं को पुरस्कार लेते हुए पाया था। अभी

हर्षध्वनि थमी ही थी कि रजत स्टेज पर आ गया था और पुरस्कार वापस करते हुए बोला था, "गुरुजी, प्रथम पुरस्कार विकास को दीजिए। निबन्ध के लिए हम दोनों ने मिलकर तैयारी की थी, लेकिन बाद में मैंने 'कम्पटीशन गाइड' से तैयारी की थी और विकास को नहीं बताया था। वह मेरी चालाकी की वजह से···," गाँधीजी ने मुझे भी प्रथम घोषित किया था और रजत को साहसपूर्वक सत्य बोलने के लिए एक पुस्तक और दी थी। रजत सिर झुकाए लौट गया था। उसकी ग्लानि-आरक्त छवि की स्मृति मुझे बहुत कुछ दे जाती रही है।

रजत और मैं परीक्षा-कक्ष के स्पर्द्धी थे, तो खेल-मैदान के अतुल पूरक भी। बैटिंग में प्रथम विकेट की साझेदारी और फील्डिंग में मेरी लेगस्पिन और उसकी स्टम्पिंग कई बाजियाँ पलट चुकी थीं। उन दिनों पराजित टीम के कप्तान से स्कोर-बुक पर हस्ताक्षर करवाना और विजयी टीम द्वारा उसकी खिल्ली उड़ाना खेल-मैदान का सामान्य दृश्य हुआ करता था। एक बार जब न्यू लाइट या न्यू स्टार क्लब का हेकड़ कप्तान पराजय न लिखने के लिए अड़ गया और रजत के पीछे खड़े किसी लड़के ने उसे चिढ़ाकर दौड़ लगाई तो उन लोगों ने रजत को घेरकर मारना शुरू कर दिया। अचानक हमले से घबराकर हमारी टीम तो भाग खड़ी हुई, लेकिन मैं बैट घुमाता हुआ चक्रव्यूह में घुस गया। फिर क्या हुआ, यह मुझे तब पता चला, जब इंजेक्शन और ड्रेसिंग के बाद मुझे होश आया। मेरे सिर से खून बहता देख विरोधी टीम खिसक ली थी और रजत मुझे लादकर डिस्पेंसरी, फिर घर छोड़ आया था।

···और वह करुणार्द्र क्षण, जब रजत वायुसेना की प्रतियोगी परीक्षा में सफल होकर हाँफता हुआ आया था और मुझसे लिपटकर हिचकियाँ लेने लगा था। उसे थपककर शान्त करते हुए मैंने पूछा था, "बात क्या है ? सेलेक्शन तो हो गया न तेरा ?"

"हाँ," आँसू पोंछते हुए वह और भी बिखर गया था—"मुझे फौरन ताम्बरम पहुँचना है, लेकिन 'किट' खरीदने के लिए···," और वह चेहरा छिपाकर रोने लगा था।

"इसी हिम्मत के साथ तू सर्विस करेगा ?" उसे झिड़ककर मैंने पूछा था, "कितने रुपए चाहिए होंगे ?"

"डेढ़ सौ," उसने अटकते हुए कहा था।

"मिल जाएँगे," मैंने उसकी पीठ पर धौल जमाकर कहा था, "जाकर तैयारी कर।"

घर आकर मैं विकट द्वन्द्व में फँस गया था। डेढ़ सौ रुपए बड़ी रकम थी। घर से मिले पैसे इलाहाबाद जाने की तैयारी में और किताबों पर खर्च हो चुके थे। किराए और फीस की रकम को छोड़ मैं ठनठन गोपाल था। परेशानी में कुछ नहीं सूझा तो नयी किताबों को देखने लगा। ग्लॉसी कवर और करारे पेजों की पंक्तियों

के बीच रजत की स्थितियाँ उभरने लगीं। टैस्ट पास करने के लिए उसका अथक श्रम ···घर वालों की प्रताड़ना के विष-घूँट पीकर भूखे पेट टैस्ट में बैठना···पास होने पर मज़ाक में मिठाई माँगनेवाले स्टाफ के आगे सिर झुका लेना··· । ऐसे संघर्षशील और स्वाभिमानी मित्र के लिए किताबें बेचते समय मेरे मन में कोई दुविधा नहीं थी···

"साहबजी !"

मुरारी के संम्बोधन ने मुझे यादों के गलियारे में और दूर नहीं जाने दिया। उसने खाली कप उठाते हुए पूछा, "साहबजी, एक कप और ले आऊँ गरमागरम ?"

"रहने दो," मैंने अरुचि प्रकट की। चलने से पहले उसने कहा, "आप बोले थे शर्मा होटल में खाने के लिए। आपको जाना है तो अभी जाओ। नौ बजे तक लौट आना। उधर की हवा ठीक नहीं है। दंगे का डर है।" मैंने विचलित होकर उसे देखा। उसकी आँखों में भी वही चिन्ता थी, जो उसके स्वर में। उसका संकेत अखबारों में छपी घटनाओं की ओर था। मंदिर-मस्जिद के बीच ईश्वर को बाँटने वाले शैतानों की छाया मेरे इस भले और शान्त शहर पर पड़ने लगी थी। आगज़नी, छुरेबाजी और कर्फ्यू के हालात शहर के सबसे गुलज़ार और गंगा जमुनी सदर इलाके को अजनबी पहचान दे रहे थे। शर्मा होटल वहीं था। मुरारी ने ठीक ही सचेत किया था। यों भी खाना खाने के लिए इतनी दूर जाने का उत्साह शेष नहीं बचा था—होटल के आतिथ्य के प्रति सम्मोहन के बावजूद।

मुरारी से शर्मा होटल की सुप्रसिद्ध बेजीटेबुल बिरयानी लाने के लिए कहते समय पीठ और पिण्डलियों में दर्द का रिसना महसूस हो रहा था। इसके लिए किसको दोष देता ? बहुत रोका था खुद को। बढ़ती उम्र का ध्यान था, पैदल चलने की सीमा का भी, लेकिन मन था कि प्रयोजन और परिणाम के प्रहरियों को आँखें दिखाकर डेरे से खींच लाया था और तकतकाता रहा था शहर में डाँय-डाँय फिरने को। ढाई घंटे की अवधि में मैंने माल रोड के महलों से लेकर बड़े अस्पताल के पिछवाड़ेवाले स्टेडियम का सफर तय कर लिया था। यहाँ भी मैंने और रजत ने कितने ही क्रिकेट मैच जीते-हारे थे। उस शान्त और रमणीक स्थल को इन बीस वर्षों में अतिआक्रामक साँडों ने रौंद डाला था। फ्रूट-जूस, छोले-भटूरे और लॉटरीवाले ठेलों और सर्विस गैराजवालों द्वारा फैलाई गई गन्दगी, धूल और धुएँ के बीच खड़ा हुआ मैं वर्तमान लाँघ गया था और मैदान में टहलने के बहाने रजत और खुद को पकी ईंट-सा होने तक दौड़ते-हाँफते देखता रहा था और सुनता रहा था तालियों और 'हिप-हिप-हुर्रे' के शोर को, जो अक्सर मेरी फिरकी गेंदों और रजत की अंगद-बैटिंग के पक्ष में मच उठता था।

मैदान से चलकर मैं 'विद्यार्थी पुस्तकालय' पहुँचा था, लेकिन वह पता नहीं क्यों बन्द था। पुस्तकालय की सीढ़ियों और विद्यार्थीजी की प्रस्तर-छवि को देखते- देखते मैं उमंग-उल्लास भरे उन क्षणों में घिर गया, जब हम दोनों ने बाल-विभाग की

पत्रिकाओं से कविता-कहानी और ढेरों रोचक स्तम्भों की सामग्री का चयन किया था और 'उपवन' नामक हस्तलिखित बाल-पत्रिका के रूप में सजाकर धनी मित्रों को बेचा था। उस अथक और सार्थक श्रम से अर्जित स्वेद-कणों की शीतलता को संवेदना पर सहेजकर और रजत की नयी कहानी के क्षेपक-प्रसंगों के आलोक में विगत से वर्तमान के बीच की विलुप्त कड़ियों को खोजने के लिए मैं वापस लौट पड़ा था।

नींद बड़ी सुबह खुल गई थी। रजत के स्मृति-प्रिज़्म पर थिरकते कथा-बिम्बों का सम्मोहन और तीसरी मंजिल की राह निर्बंध चले आ रहे बसंती झोंके एक और झपकी चुराने के लिए उकसा रहे थे, जबकि दुखती हुई पीठ-पिण्डलियों और आसन्न व्यस्तता की पक्षधरता कड़क चाय के साथ थी। मुरारी भी जैसे मेरी घंटी की राह देख रहा था। चाय देकर वह स्नान और नाश्ते की व्यवस्था 'फिट' होने की खबर सुना गया।

फैक्टरी तक का सफर लम्बा था, यद्यपि मेटल रोड और हरित पट्टी सहित सुखद भी। एक तो अनजान पथ का कौतूहल, कुछ मौसम का सखाभाव और सबसे अधिक रजत से होनेवाली भेंट का रोमांच, आधे घण्टे के उस सफर को एक आमोदपूर्ण अनुभव में बदल गया था।

सुरक्षा-अधिकारी ने टैक्सी को पार्किंग-स्थल की ओर जाने का संकेत देकर एक गार्ड को मेरे साथ 'रिसेप्शन' तक जाने का आदेश दिया। रिसेप्शनिस्ट ने मेरा कार्ड लिया और कई फोन प्रयास करने के बाद मुझसे कहा, "सी. पी. ई. (सम्बद्ध अधिकारी) इज़ ऑन राउंड । प्लीज़ रिलेक्स टिल देन।"

मैं वेटिंग-हॉल में न बैठकर दीवारों पर जड़ी तस्वीरों में अंकित फैक्टरी की प्रगति-कथा पढ़ने लगा। एक चित्रवीथी के सामने मैं ठिठक गया। उत्पादकता-परिषद द्वारा पुरस्कृत कर्मीगणों के बीच मैंने खोज लिया, पहचान लिया रजत को। चौड़े हो चुके माथे और सायास मुस्कान की आड़ लेकर भी वह छुप नहीं सका, पकड़ में आ ही गया। परिचय-पंक्ति ने अनुमान की पुष्टि कर दी—आर. के. भार्गव, पास नं. 4536, प्रोडक्शन इंजीनियरिंग डिपार्टमेंट। मित्र की स्थिति के साक्षी उस काल-प्रभावित चित्र को देख मैं अभिभूत हो उठा। कल्पना में तिर आई मेरी विदाई पार्टीवाले दिन शुभा दी' के अपमानजनक व्यवहार से आहत रजत की व्यथित और म्लान छवि, जिसकी अनुकृति को मैंने उसकी पहली कहानी में पहचाना था। फिर दूसरी कहानियाँ, जिनमें उसके जीवन-संघर्ष और उसकी चेतना के रूपाकार क्षेपकों के रूप में आते रहे थे...और अब 'धारा' में प्रकाशित उसकी सबसे नयी कहानी, जो उपयोगितावादी सन्बन्धों की नागफनी में उलझकर लहूलुहान होती संवेदना की मर्मभेदी आत्मकथा में बदल गई थी। रजत की वे समस्याएँ मुझे उसी पल उसके पास पहुँचने के लिए उकसा

रही थीं। पाँव काउंटर की ओर बढ़ गए। रिसेप्शनिस्ट ने डायल करती अँगुलियों को रोककर मुझे इन्तजार-और-अभी-मुस्कान से निहाल कर दिया।

मैं एक बार फिर सोफे में धँस गया और पत्रिकाओं के सहारे व्यग्रता को अनुकूलित करने लगा। पृष्ठों को पलटने के बीच मेरा ध्यान आसन्न बुलावे में अटका हुआ था। अतिरिक्त सजगता के बावजूद एक पत्रिका में 'किमनीटेल' (बहुपयोगी संगणक-सह-दूरदर्शन प्रणाली) पर केन्द्रित लेख देखकर उसमें डूबे बिना नहीं रह सका···और अनायास ही विगत के उन पृष्ठों को पढ़ने लगा, जिन पर मैंने रजत के साथ मिलकर फन्तासियाँ निर्मित की थीं। गांधी-मैदान के बूढ़े बरगद के नीचे बैठकर सिन्दूरी क्षितिज को श्यामल होते देखने और गंगा कटरी से उड़कर बसेरों को लौटते पक्षियों को निहारने के बीच हम उन गुत्थियों को सुलझाया करते थे, जिन्हें 'अदृश्य मानव', 'काल-यंत्र' या 'मृत्यु किरण' के लेखकों ने अनसुलझा छोड़ दिया होता था। भविष्य-केन्द्रित हमारी कल्पनाओं के भवन इन जैसे गल्पकथाओं के ईंट-गारे से बना करते थे। हमें उद्यान की नीरवता को अपनी बहसों को छेड़ने में मग्न पाकर चहलकदमी करते वृद्धजनों ने शायद ही सोचा हो कि इनमें से एक कभी एक सफल इंजीनियर बनेगा और दूसरा एक प्रवीण कथाकार···और कभी इनका मिलन होगा भी तो इस तरह।

"सी. पी. ई. अवेट्स यू सर।" रिसेप्शनिस्ट ने मुझे स्मृति-नौका से उतार दिया और मेरे लिए गार्ड सहित वाहन की व्यवस्था कर दी।

एक विशाल इमारत के आगे गाड़ी रुकी। गार्ड मुझे लेकर भीतर चला। गलियारों को पार करता हुआ मैं तेज़-तेज़ चल रहा था। प्लांट्स का ले-आउट, पर्यावरण-सन्तुलन, व्यवस्था और अनुशासन को देखता हुआ मैं जहाँ पहुँचा, मेरी कल्पना उससे आगे निकल चुकी थी। रजत क्यों नहीं दिखा अभी तक ? अवचेतन प्रहरी ने टोका—इस मायावी संसार में उसे खोज पाना सम्भव है क्या ? क्या पता, किस अनुभाग के किस अलंघ्य कक्ष में कार्यरत हो वह। फिर उसे यहीं पाने की अधीरता क्यों ? उससे तो शाम को, काम पूरा हो जाने के बाद ही मिलना बेहतर होगा। घर में भेंट करने में जो आनन्द मिलेगा, वह फैक्टरी के स्तर-विभक्त और यांत्रिक वातावरण में सम्भव कहाँ ? कैसा होगा उसका परिवार ? इतने वर्षों की नौकरी में उसने क्या पाया—सँजोया होगा, बच्चों को कैसे शिक्षित-संस्कारित किया होगा, यह सब देखने-जानने के लिए मुझे उसके घर ही जाना होगा।

'मेजर असेम्बली लाइन' अंकित शेड के आगे गार्ड रुका और सीढ़ियों की तरफ बढ़ गया। अब हम उत्पादन-सेवा अनुभाग में थे। करीब सत्तर सीढ़ियाँ चढ़ने की वजह से मेरी साँस फूल रही थी। हॉल के एक हिस्से की ओर, जिधर कर्मीगण ड्राफ्टिंग मशीनों और कम्प्यूटरों के साथ उलझे हुए थे, संकेत करके गार्ड वापस चला गया । मैंने सी. पी. ई. के चेम्बर में पहुँचकर परिचय दिया। पी. एस. (निजी सचिव)

ने मुझे सम्बद्ध अधिकारी के सामने पहुँचा दिया।

"वेलकम मिस्टर निगम, ग्लैड टु सी यू।" सी. पी. ई. नीलकण्ठ जोशी ने मेरा स्वागत किया और कुशलक्षेम के बाद अनुबन्ध के क्षेत्र को स्पष्ट किया—फैक्टरी के 'टूल-रूम' की बीस के लगभग मिलिंग और बोरिंग मशीनों की सी. एन. सी. और डिजिटल डिसप्ले सिस्टम से लैस किया जाना है। मैंने जोशीजी को बताया कि यद्यपि आवश्यक विवरण मेरे पास है, मुझे 'फ्लोर' पर जाकर बारीकियों को जुटाना पड़ेगा, ताकि रिपोर्ट अधिक व्यावहारिक बन सके। जोशीजी ने पी. एस. के जरिए ड्राइंग ऑफिस से 'आर. के.' को बुलावा भेजा। मैं इस बीच अपने सामने शॉप-लेआउट को फैलाकर परिकल्पित गतिविधियों को चरणबद्ध करने लगा। उस ठहरे क्षण मेरा अतीत मोह, शहर, रजत, उसे पाने की अभिलाषा, उसके साक्षात् की उत्तेजना—सब किस राह गए, किसे खबर थी ?

"मे आई कम इन सर ?" परदे के पार से एक विनीत सम्बोधन उभरा।

"प्लीज़ कम इन।" जोशीजी ने कागजों पर से इंच-भर सिर उठाकर साधिकार आग्रह किया। आगमन की आहट को पकड़ने के क्रम में मैंने आगन्तुक पर दृष्टि डाली···और मैंने उस अस्तित्वहीन से व्यक्ति को पहचान लिया। कँधे झुकाकर बुलावे के प्रयोजन के प्रति सशंक अधीरता से घिरा वह कर्मी रजत था, मेरा बालसखा रजत।

मैंने उसे फिर देखा। वह अब भी उसी तरह खड़ा हुआ था···सजग और विनीत; पहली बार में पकड़ में आ जानेवाले व्यर्थता-बोध से दंशित। पुरस्कार ग्रहण करने वाले होठों की मुस्कान को जैसे फैक्टरी के प्रबन्ध-ड्रैकुला ने चूस लिया हो। यह असहज भाव-तरंग मुझ तक उमड़ी चली आई। तभी उसने एक असम्पृक्त दृष्टि मुझ पर डाली। उन सुपरिचित, गहरी, स्वप्न बुनती आँखों से जुड़ते ही मैंने अपने भीतर एक अनियन्त्रित खिंचाव महसूस किया। सिर से पाँव तक उत्तेजना से सिहरते हुए मैं उठ खड़ा हुआ और सब कुछ भूलकर पुकार उठा—"अरे रजत ! तुम यहाँ ?"

मेरा असामान्य व्यवहार देख जोशीजी ने मुझे विस्मय से देखा। उन्हें उसी मुद्रा में स्थिर छोड़ मैंने रजत को बाँहों के घेरे में भींचकर कहा, "रजत, मुझे पहचाना नहीं ? मैं विकास हूँ, विकास निगम। साढ़े नौ नम्बर। याद आया ?"

"··· ।"

"रजत, तुझसे मिलने के लिए मैं कितना बेचैन रहा हूँ, जानता है ? नहीं, तू नहीं जान सकता··· ।" पता नहीं, क्या-क्या बोलता रहा मैं···और बोलता ही जाता, अगर रजत को चुप और निष्पंद पाकर संयमित न हो गया होता।

"कुछ बोलता क्यों नहीं ? खड़ा है ठूँठ की तरह !" उसे झिंझोड़कर मैं रोष से बोला, "तू मेरा दोस्त रजत है या उसका भूत ?"

प्रत्युत्तर में रजत ने न भुजपाश को कसा और न उससे छूटने का यत्न किया, बस तटस्थ औपचारिकता से गुनगुना-भर दिया, "यस सर, मैं रजत ही हूँ, आर. के. भार्गव।"

अपने उस बाल-सखा को, जो जीवन की कठिन राहों पर मुझसे अलग होकर खो गया था और जिसे पाने के लिए मैं कैसे-कैसे जतन करके आया था, अपनी थरथराती बाँहों में अजनबी और भावहीन-सा झूलता पाकर मेरा नशा हिरन हो गया। मैं उससे अलग होकर अपनी जगह बैठ गया और अपनी चोट को हर्ष के मुखौटे में छिपाकर जोशीजी से बोला, "सर, ही इज़ माई लॉस्ट ट्रेजर। होप यू अंडरस्टैंड माइ फीलिंग्स एण्ड वोंट माइंड द इमोशनल आउट बर्स्ट।"

"नेवर माइंड मिस्टर निगम, इट सेल्डम ऑकर्स इन रियल लाइफ," कहकर जोशीजी ने मुक्त ठहांका लगाया और रजत को प्रशंसा-भाव से देखते हुए कहा, "मिस्टर भार्गव, आय'म हैपी टु नो अबाउट योर सच ए लविंग फ्रेंड।" "थैंक यू सर," कहते हुए रजत और भी सिकुड़ गया और सावधान मुद्रा में खड़ा हो गया।

चेम्बर की पारदर्शी दीवारों से कौतुकदर्शी कर्मियों की पंक्ति आ लगी थी।

"मिस्टर भार्गव, प्लीज़ टेक योर फ्रेंड टु कैंटीन ऐंड ट्रीट हिम लैविश्ली," जोशीजी ने निर्देश दिया, "आय'ल लेट यू नो अबाउट योर जॉब आफ्टर लंच। ओके ?" रजत "यस सर" कहकर चलने लगा तो उन्होंने मुझसे विनोद किया, "कांग्रेट्स ऑन योर प्राइज हंट, मिस्टर निगम," और विदा में हाथ उठाकर स्वयं को व्यस्त कर लिया।

हॉल को पार करने और सीढ़ियाँ उतरने के बीच हम दोनों चुप रहे। मैंने रजत को टोही नज़र से देखा, इस प्रत्याशा में कि वह कार्यस्थल की यांत्रिकता और अनुशासन के खोल से बाहर निकल आए, उसके अन्तर से स्नेह और अपनत्व की धार बह निकले, मेरे हुलास और उबाल के जवाब में वह मुझे भींच ले और उत्तेजना से थर्राकर चीख उठे, "विकास" मेरे दोस्त…हाँ, मैं तेरा रजत हूँ, रजत। देख, इतने वर्षों के बाद मैं आज भी वही हूँ, वैसा ही, कुछ भी तो नहीं बदला।"

लेकिन यह नहीं हुआ। रजत ने मेरी आकुल दृष्टि का उत्तर निमिष भर के निर्लेप दृष्टि-निक्षेप से दिया और मेरी हिलोरें लेती विह्वलता को आखिरी हिचकी लेने के लिए छोड़कर बस इतना कहा, "चलिए सर, कैंटीन पास ही है। आपके लिए 'वेज' कूपन लूँ या…?" मैंने उत्तर नहीं दिया। किसे देता ? गरदन झुकाकर दूर-दूर चलनेवाले उस पथ-प्रदर्शक को उसकी अपेक्षा भी नहीं थी।

मेरे संताप की सीमा नहीं थी। रुलाई कण्ठ तक उमड़ आई थी। एक पेड़ उग आया था मेरे भीतर और भरे बसंत में उसके पत्ते टूट-टूटकर बिखरते जा रहे थे।

मैं घिसटता हुआ-सा रजत के पीछे चल रहा था। चोट का असर कुछ कम हो गया था और उसकी जगह उबलन ने ले ली थी। आहत अहं को सहलाकर और

इधर-उधर देखकर मैंने उसकी पीठ पर कसकर घूँसा जमाया; ठीक वैसे ही, जैसे हम एक-दूसरे को अक्सर जड़ दिया करते थे। दर्द से दुहरे होकर उसने मुझे चिढ़ और गुस्से से देखा। उसकी नाराज़गी से शह पाकर मैंने उसे धमकाया, ''अबे, तू यों नहीं मानेगा ! सीधे से लाइन पर आ जा, नहीं तो घर चलकर वह गत बनाऊँगा तेरी कि···।'' मुझे अब भी उम्मीद थी कि अगर वह रिटर्न घूँसा नहीं मारेगा तो कम-से-कम मेरी बाँह इतने जोर से मरोड़ देगा कि मैं उन्हीं दिनों की तरह 'चीं !' बोलकर पनाह माँग लूँगा, लेकिन उसने यह कहकर खेल खत्म कर दिया—''मिस्टर निगम, जल्दी कीजिए। कैंटीन कुल पैंतालिस मिनट ही खुलती है। देर हुई तो शाम तक चाय-कॉफी से काम चलाना पड़ेगा।''

मैंने तड़पकर रजत को देखा, जो पास से गुजरते हुए कर्मियों को हाथ उठाकर 'हलो' कहता हुआ तेज़-तेज़ चल रहा था। मैंने खुद को एक साथ क्रोध और करुणा से घिरा हुआ पाया। उसके व्यवहार को उसका स्वभाव मान लेने को जी नहीं चाह रहा था। मन कहता था कि उसके साथ कुछ ऐसा घट चुका है, जिसके तनाव और घुटन ने उसे मेरे साथ इस सीमा तक दुराव और अपरिचय बनाए रखने को उकसाया है। सोच के इस घुमाव पर ठहर कर मैंने खुद को बाँध लिया और उसके पीछे चलना जारी रखा।

कैंटीन में भीड़ थी। यह सुविधापूर्ण स्थिति थी। हम दोनों सैंकड़ों कर्मियों के बीच समरस हो गए थे। शायद ही कोई भाँप सकता था कि हममें से एक सामान्य तकनीकी सहायक है और दूसरा एक बहुत बड़ी संस्था का महत्त्वपूर्ण प्रतिनिधि।

थालियाँ लग गई थीं। रजत ने शिष्टतापूर्वक आग्रह किया, ''सर, शुरू कीजिए।''

''सर के बच्चे !'' न चाहते हुए भी मैं भड़क गया, ''विकास कहते हुए जान निकलती है ?'' मेरा रोम-रोम सुलग रहा था।

''आप इस फैक्टरी के अतिथि हैं और मैं अपने अधिकारी के निर्देश से आपके सत्कार के लिए नियुक्त एक अदना कर्मचारी'', अविचलित रजत ने मुझे टोका, ''मुझे विश्वास है कि हम अपनी मर्यादा जानते हैं।''

मैं भभक उठा, लेकिन दाँत पीसकर रह गया। यथासम्भव दबी हुई, लेकिन कसैली आवाज में मैंने उससे कहा, ''नहीं चाहिए यह ठण्डी और मशीनी मेहमाननवाजी। अब जो कहता हूँ, वह ध्यान से सुन। इस काम के लिए मेरी जगह कोई भी आ सकता था। लेकिन मैं इसके बहाने तुझसे मिलने आया था। सोचा था, बहुत सारी बातें होंगी कहने-सुननें के लिए, लेकिन अब···, अब मैं तुझसे कुछ नहीं कहूँगा। बस, गिनती के कुछ सवाल करूँगा। अगर तूने सीधे से और सच्चे मन से

जवाब दिए तो ठीक, वरना समझूँगा कि तू हमेशा के लिए बिछुड़ गया।''

अब रजत के चौंकने की बारी थी। उसकी आँखों में पहचान कौंधी, लेकिन कुछ पलों के लिए। उस कौंध के राख होते ही वह अपने खोल में चला गया और सिर झुकाकर खाने लगा।

खाना खत्म करके मैंने घड़ी पर नज़र डाली। पच्चीस मिनट रहते थे अभी। मेरे कुछ कहने से पहले वह काउंटर तक गया और ठण्डी बोतलें लेकर लौटा। एक बोतल मुझे थमाकर सीधे मेरी आँखों में देखते हुए वह बोला, ''आपके सवाल, मिस्टर निगम।''

''तुम ताम्बरम क्यों नहीं गए ?'' वर्षों से घुमड़ता हुआ बादल फट पड़ा।

''मेरे साथ धोखा किया गया।'' रजत का संचित क्रोध भी जैसे इसी क्षण की राह देख रहा था, ''मैं तुमसे रुपये लेकर जगत चचा के पास गया था, 'कन्सेन्ट फार्म' (सहमति पत्र) पर दस्तखत लेने के लिए, लेकिन उन्होंने मुझे अच्छी सर्विस का लालच देकर एक बड़ी मेडिकल कम्पनी में कैजुअल काम दिलवा दिया। जब तक सच्चाई का पता चलता, नौकरी छूट गई और दुबारा टैस्ट में बैठने की उम्र निकल गई।''

''ओह···, फिर यह नौकरी···?''

''वोकेशनल डिप्लोमा ने इस कोल्हू तक पहुँचा दिया था।''

''लिखना कब शुरू किया ?'' उसके विगत के दर्द को और न उभारकर मैंने उसके प्रिय विषय को छेड़ दिया, ''क्यों लिखते हो इतनी तीखी और बेचैन करने वाली कहानियाँ ?''

रजत ने मुझे एक गहरी और आश्वस्त दृष्टि से देखा, फिर कहीं दूर रमते हुए कहा, ''पन्द्रह वर्ष हो गए लिखते हुए। शायद पात्रों से जुड़ाव और दायित्व बोध सारी बातें तय करता है। रही तीखेपन और बेचैनी की बात···,'' उसने ठहरकर मुझे अपनेपन से देखा और पूर्ववत् निस्पृहता के साथ कहा, ''सो इस सम्मान के लिए आभारी हूँ।''

मेरी खिन्नता अपनी जगह थी। इतनी सतर्क और रक्षात्मक मुद्रा अपना रखी थी उसने कि न तो बातचीत को सहज और निराडंबर रूप से चलाए रखना सम्भव था और न अपने भ्रमों और पूर्वग्रहों की गुंजलक को खोल पाना। इसीलिए मैंने आग्रहपूर्वक कहा, ''आओ, बाहर चलकर तय करें कि शेष प्रश्नों के उत्तर मुझे कहाँ मिल सकते हैं। इस शोर और कसे-बँधे माहौल में···''

रजत ने उठते हुए कहा, ''चलिए, डिजाइन कॉम्प्लेक्स की तरफ शान्ति भी है और फुलवारी भी।''

जिस निर्विकार सहजता से उसने विकल्प सुझाया, उससे उसके परिवार से मिल पाने की कामना झुलस गई। फिर भी, अपनी पीड़ा को छिपाकर मैंने उसके सुझाये

हुए स्थल पर पहुँचकर गुंजलक खोलनी शुरू की, ''रजत क्या 'तुम शुभा दी' की प्रकृति और उनके व्यवहार को 'उपहार' में पूरी समग्रता में चित्रित कर पाए हो ?''

''तुम्हारे परिवार के लिए मैं वह कभी नहीं रहा, जिसे दरवाज़े से ही लौटा दिया गया हो,'' रजत ने तड़पकर कहा, ''फिर भी 'उपहार' लिखने का कारण अमीरज़ादों की पार्टी में मुझे अनचाहा अतिथि बना दिया जाना नहीं, तुम्हारे इलाहाबाद जाने के प्रोग्राम के बारे में पूछने पर शुभा दी' का मेरे मुँह पर दरवाज़ा बन्द कर देना था।''

''यार रजत, तुम भुला नहीं सके शुभा दी' की उस ग़लती को ?''

''भुला देता तो अपने सहारे जी नहीं पाता, लड़ नहीं पाता अपने हिस्से के सम्मान के लिए,'' रजत ने बेलाग जवाब दिया। उस तपते पत्थर की चोट से मैं कराह उठा।

''चलो, यह प्रसंग भी छोड़ो,'' मैंने रजत की बाधित जीवनलय से निरन्तर निःसृत त्रासदियों के केन्द्र तक पहुँचने के प्रयास में कहा, ''रजत, तुमने अपनी नयी रचना 'आश्रय' में अपने संरक्षक जगत चचा को एक आत्मकेन्द्रित और परपीड़क सामंत के रूप में प्रताड़ित किया है, यह एक बुजुर्ग रक्त-सम्बन्धी का चरित्र-चित्रण है या चरित्र-हनन ?''

''मिस्टर निगम, मैंने जगत चचा की छद्म छवि को खण्डित करके उनके दो मुँहेपन और क्रूरता को उद्घाटित किया है, जिसके चलते मुझे उनके सेवक के साथ और उसी की तरह रहना पड़ा था। जब मैंने इण्टर के फॉर्म के लिए उनसे तीस रुपए माँगने का गुनाह किया तो आपके उन्हीं बुज़ुर्ग ने किस निर्लज्जता से प्रेम और सेवा के आत्मिक मूल्यों को परिभाषित किया था, यह भी आपने कहानी में पढ़ा या नहीं ?''

उस द्रावक अभिव्यक्ति के बाद कुछ शेष नहीं रहता था। मन में आया कि कहूँ, उस कहानी को फिर से पढ़ूँगा, लेकिन मेरे सामने उसका अशरीरी मन था। समय की छीजन पर ध्यान रखते हुए मैंने कहा, ''रजत, तुमने घर बसाया ?''

''हाँ, घर भी है—एक कमरेवाला क्वार्टर, पत्नी, दो बच्चे।''

पहचान का यह अन्तिम आकांक्षित छोर था, जो इतने जतन के बाद भी मेरे हाथ नहीं आया। रजत तेज़ी से आगे बढ़ गया। मैं रुककर आँख में किरकते उस तिनके को निकालने लगा, जो मेरी मुट्ठी से फिसल चुकी रेत का अन्तिम अंश था।

1990

ध्रुव

हरीश को स्टेशन से लौटे पन्द्रह घण्टे से अधिक बीत चले थे, पर वह व्यतीत कालखण्ड को लाँघने को अनुत्सुक, सोफे में निश्चल धँसा हुआ था। सुमित की विदाई से उपजे रीतेपन को वह अपने एकांतिक मौन के साथ फिर-फिर जीना चाहता था, आखिरी कम्पार्टमेंट को विदा देते रेल-पथ और उससे जुड़े क्षितिज-छोर पर टँगी सिन्दूरी शाम की उदासी और अमज़द के सरोद की 'शाहानाँ' धुन के मेल से सिरजती अतींद्रियता को घूँटने के साथ। वह चाहता था कि मूर्च्छना के वे क्षण अबाधित बीत जाएँ, लेकिन प्रतिमा थी कि उसकी मासूम चाहत को अपनी तोतारटंत से रौंदने पर तुली हुई थी। बार-बार कुरेदे जाने से खीझ कर उसने पुनर्सृजित भाव-विन्यास को खण्डित हो जाने दिया और प्रतिमा की 'सुखी जीवन का रहस्य' शीर्षक वार्तामाला के प्रति अपने विक्षोभ को व्यक्त किया—"तुम इसे जीना कहती हो ? अब जीने लायक बचा ही क्या है इस निरर्थक और बोझिल घिसटन में ?"

"और मैं कहती हूँ कि क्या नहीं है !" टेप-रेकार्डर बन्द कर झट प्रतिवाद किया प्रतिमा ने और उसके मुख पर विजयी मुस्कान कौंध गई। आत्मीयता जताने के यत्न में उसने हरीश के कन्धे को हौले से छुआ और अपनी सुपरिचित प्रौढ़तादर्शक मुद्रा में स्थिति को सहज बनाने का अभ्यास किया—"अभाव और सीमाएँ हों तो हों, हर हाल में दी हुई परिस्थितियों के साथ समरस होकर जीने का अधिकार तो मुनष्य के हाथ में है। इससे अधिक की कामना सिर्फ कुण्ठाओं और उलझनों को···"

उफ ! प्रतिमा की परउपदेशकुशलता हरीश के क्षुब्ध मन को और भी कचोट दे गई। कण्ठ की घुमड़न के साथ उफन आए शब्द ध्वनित होने को हुए—"और कितना समरस होकर जिऊँ ?···और सिर्फ मैं ही क्यों ?···आफिस और घर, जीवन का अर्थ दो संज्ञाओं में सिमटकर क्यों रह गया है ?" पर अंतहीन बहस छिड़ जाने के खतरे को भांपकर वह चुप रहा गया और घुटन को राह देने की गरज से धीमे से उठकर खिड़की तक चला गया।

ज्योति-कलश से छलकती आभा खेतों, सफेदे की कतारों और देवास रोड की पहाड़ियों को अपनी पहचान सौंपती जा रही थी। प्रकृति द्वारा सृजित कौतुक ने हरीश को स्थितियों के पार पहुँचा दिया। अभी पिछली शाम तक हर दृश्य बंध ने कितना सुख जोड़ रखा था। सुमित, जो 'अगली गर्मियों में जरूर आना है', करते-करते पूरे तीन साल निकाल ले गया था, अंततः लेखक संघ के बुलावे पर इस बार आया था और अनायास ही कितना कुछ दे गया था। वह लघु प्रवासी हरीश की सहज अपेक्षाओं की तुष्टि कर प्रियंवद हितैषी के रूप में विदा हुआ था। शिष्ट-सौम्य बना रहकर भी हव निःशंक भाव से अप्रिय सत्य कह जाता था और दाम्पतय की सीमाओं को इंगित कर देता था। संवाद-परिक्रमा के मध्य हरीश के सायास-सुदीर्च मौन और प्रतिमा की असंयत मुखरता के रूप में प्रदर्शित विरोधाभास को लक्ष्य कर उसने कहा भी था, "सिद्धांत और व्यवहार के बीच दूरी होती है और एक सजग युगल को यत्न करके इस दूरी को मिटा देना चाहिए, न कि इसे जब-तब चुन लिए गए अनबोले की सीमा तक पहुंचने देना चाहिए।" प्रतिमा अवसर की तलाश में थी। सीख पूरी होते-न-होते यह चुस्ती से हामी भरकर अपना पक्ष रखने को अधीर हो उठी थी—"सुमित भाई, ईश्वर जानता है कि मैं जितनी प्रैक्टिकल हूँ, सेन्सीटिव उससे जरा भी कम नहीं। मन, वचन और कर्म से किसी का दिल दुखाना मेरे स्वभाव में नहीं है। आपके मित्र सामने बैठे हैं; सच-झूठ सब इन्हीं से जान लीजिए···, और ये भी क्या कहेंगे ? इनके मुख के भाव पढ़कर मैं इनकी इच्छाएँ जान लेती हूँ और फिर उन्हें पूरा करने में देर नहीं लगाती। भाई सा' ब, अपनी गृहस्थी की गाड़ी आपके आशीर्वाद से मज़े से चल रही है।"

हरीश को उन बेसिर-पैर की बातों को याद करना जरा भी नहीं भा रहा था। कान अभी तक श्रेष्ठता ग्रन्थिग्रस्त प्रतिमा के उद्दण्ड और उत्पीड़क मिथ्या-कथन के प्रहार से झनझना रहे थे—"देखा भाई सा'ब, ? अभी अच्छे-खासे बातें कर रहे थे—और अब देखिए, कैसे गुमसुम होकर खिड़की के पास चले गए ! अक्सर यही होता है। जाने किन विचारों में डूबे हुए ये बाहर देखने लग जाते हैं और मैं भौंकती रह जाती हूँ। कभी-कभी लगता है कि इन्हें कोई अशुभ छाया अचानक जकड़ लेती है। बातें करते-करते अचानक मुँह फेर कर चल देते हैं। अच्छा हुआ जो यह सब आपके सामने हो रहा है, वरना आप भी मुझे ही दोष···,"

सुमित ने बीच में ही उसे टोका था—"भई, यह क्या अंदाज है ? मैं तो इतनी दूर से आपके पास आया हूँ और आप हैं कि मुझे छोड़कर खिड़की के पास···?"

वह अपनी जगह नहीं छोड़ना चाहता था। किसी भुक्तभोगी की व्यंग्योक्ति का मर्म उसके चेतन पर तिर रहा था—"विद अ' मैन, लाई इज़ लास्ट रिज़ॉर्ट, विद वीमेन इट इज़ फर्स्ट एड···।"

विदाकांक्षी सुमित के उस अयाचित उपालम्भ और प्रतिमा के इस प्रवंचक

उद्बोधन के बीच हरीश काँटे में फँसी मछली की तरह छटपटाता रहा था। मुक्ति की खोज के धूमिल छोर तक पहुँच कर वह निढाल हो गया और प्रतिमा के आसन्न लक्ष्य संधान के लिए प्रस्तुत हो गया।

प्रतिमा कुछ क्षण चुप रही, पर वह विराम हरीश की मनःस्थिति से जुड़ने की सुविधा पाने के लिए नहीं, सुमित की सहज अभिज्ञता और भोले विस्मय के सहारे उसकी सुधीर सहिष्णुता पर अपने सर्वाधिकारकामी व्यवहार के औचित्य को सिद्ध करने का पड़ाव भर था। एक साझे और तटस्थ अतिथि के सौजन्य-हस्तक्षेप को अपने पक्ष में विरूपित करने का इससे अच्छा अवसर उसे कहाँ मिलनेवाला था—"सुमित भाई सा'ब तो आपके व्यवहार पर खुद हैरान थे। आपने ध्यान दिया उनकी इस बात पर कि जहाँ तक मैं आपको समझ सका हूँ, प्रतिमा के साथ आपके व्यवहार में इस तरह का बदलाव यों ही नहीं···?"

सिर पकड़ कर रह गया हरीश, मानो उसे फटने से रोकना चाह रहा हो। "कैसा बदलाव देखा है तुमने मेरे व्यवहार में ?" उसने प्रतिमा पर जाँचती हुई नज़र डालकर तपते स्वर में पूछा, "और कैसा बदलाव दिखाई दिया था सुमित को ?"

प्रतिमा भिड़न्त के लिए तैयार थी—"क्यों, इतनी जल्दी भूल गए उनके वे शब्द—आजकल या तो आप चिढ़कू हो गए हैं, या जरूरत से ज्यादा गम्भीर।"

"देखो प्रतिमा," तिलमिलाकर खरी-खरी सुनाने को हुआ हरीश, पर टाल गया—"आज तुम सुमित के बहाने जो चाहे आरोप लगा सकती हो, लेकिन हम पाँच वर्षों से एक साथ रह रहे हैं और मेरे स्वभाव की जितनी पहचान तुम कर चुकी हो, उतनी क्या हफ्ते भर के मेहमान सुमित के लिए सम्भव थी ?"

"सो मैं मानती हूँ", प्रतिमा ने रास ढीली की—"लेकिन आप साथ-साथ रहते हुए भी अनमने और कटे-कटे क्यों रहते हैं ?" उसकी चिन्ताकुल भावमुद्रा समस्या के मूल में जाने की गम्भीरता का संकेत दे रही थी, लेकिन हरीश अपने अनगिनत कटु अनुभवों का शिष्य था, इसलिए उसे प्रतिमा की विरल सदाशयता को दर्पण दिखाने में झिझक नहीं लगी—"सिर्फ इसलिए कि तुम्हारे शब्दों और भावनाओं के बीच कोई संगति नहीं है, कम-से-कम मेरे प्रति तुम्हारे व्यवहार से तो यही जान पाया हूँ मैं।"

विचलित हो उठी प्रतिमा। उसका चेहरा उतर गया। आँखों में आशंका के प्रतिबिम्ब काँपने लगे—"आखिर कहना क्या चाहते हैं आप ? आपके प्रति मेरे व्यवहार में खोट है, यही न ? क्या प्रमाण है आपके पास ?"

"प्रमाण मुझसे अधिक तुम्हारे ही पास होंगे।" हरीश उत्तेजना से काँपता हुआ खड़ा हो गया और प्रतिमा की आँखों में सीधे देखकर बोला, "तुम्हीं इतने बरसों में कितनी बार बता चुकी हो कि तुम्हें अपने सुखी गृहस्थी के हित में सुमित से बराबर सीख मिलती रही है, मायके जाने पर तुम्हारा उनसे जब-तब मिलना होता

रहा है···और मेरा कभी कोई आग्रह न होने पर भी तुम्हीं ने कितनी बार जताया है कि तुम्हारे और उनके बीच अपरिभाषित सम्बन्ध रहा है। कहो, यह प्रमाण काफी नहीं है ?''

कहने को कह तो गया हरीश, पर अपनी जीभ काट लेने को जी चाहा उसका। पता नहीं किस विवशता में यह बात निकल गई उसके मुँह से; प्रतिमा पर होनेवाले असर का अंदाजा किए बिना, और असर हो गया। मर्म पर लगी चोट से तिलमिला उठी प्रतिमा। ग्लानि-दंशित क्षोभ खीझ और चिढ़ में ढल गया। उसने बिंधी दृष्टि से हरीश को देखा और दीवान पर ढहकर सुबकने लगी। ''सुमित···सुमित··· सुमित !'' हिचकियों के बीच उसकी दमित भावनाओं का लावा बह निकला—''और कुछ नहीं है आपके पास ? जब देखो, उन्हीं की बातें, उन्हीं की यादें ! दो दिन रहने क्या आए, हम दोनों के बीच खाई खोद गए।'' और प्रतिमा की रुलाई एक बार शुरू हुई तो फिर उसका अन्त कहाँ ? उसकी नादानी पर हरीश सारी बातें भूल कर हँस पड़ा—''लो सुनो, जीवन जिनसे सँवरता जाए, ऐसी बातें तुम्हें खाई खोदनेवाली लगती हैं ! मज़ा तो यह है कि जितने दिन सुमित घर में रहे, तुम उनकी हर बात सीधे मान जाती रहीं और अब देखो, बिल्कुल ही उलटा नज़ारा है। किस चतुराई से अपने सम्बन्धों से आँखें फिरा लीं तुमने !'' अनजाने ही हरीश के स्वर में व्यंग्य उभर आया।

भावनाओं का उफान रुका तो प्रतिमा दुपट्टे को कन्धे पर टिकाने के साथ स्थायी भाव में आ गई—''जरा मैं भी तो सुनूँ कि सुमित भाई जीवन सँवारनेवाला कौन-सा मन्त्र फूँक कर गए हैं ! क्या-क्या समझाते रहे वे आपको ?''

हरीश ने प्रतिमा के अतिरेकपूर्ण भावप्रदर्शन की उपेक्षा करके उसे आत्मनिरीक्षण के लिए सचेत किया—''समझाते तो वह तुम्हें भी रहे होंगे, मुझे जानने से भी पहले। लगता है, भूल बैठीं वह सब।''

''हाँ-हाँ, भूल गई हूँ। लेकिन आप तो घटित-अघटित सब याद रखते हैं। कहिए, क्या याद दिलाना चाहते हैं आप ?'' प्रतिमा की दर्प-भरी प्रतिक्रिया हरीश को उकसाने के लिए बहुत थी। उसकी अहम्मन्यता हरीश को मुखौटा उतारने तक ले आई।

''भूली नहीं हो, दिखावा कर रही हो भोलेपन का,'' उसने निर्मम होकर छद्म को उघाड़ना शुरू किया—''प्रतिमा, पिछली छुट्टियों के बाद तुम्हारे पत्र के उत्तर में सुमित ने जो लिखा था, उसकी याद मैं तुम्हें नहीं दिलाना चाहता था, पर तुम्हीं ने कोंच-कोंचकर मुझे मजबूर किया है। तुम्हारे आग्रह पर सुमित तुम्हें परिचित बच्चों के साथ पक्षी-विहार ले गए थे पिकनिक पर। मौसम और नजदीकियों ने दोनों को अतीत के कुहासे में खो जाने के लिए सँवारा था, लेकिन तुमने अपनी मजबूरियों और मेरी शिकायतों की झड़ी लगाकर उन क्षणों की दुर्गति कर दी थी। उनकी तेजस्विता और तुम्हारा कथा-व्यसन गहरे जुड़कर परिचय में नित नये रंग भरता गया था, यह उन्होंने

नहीं, तुम्हीं ने बताया था और यह भी कि उन्होंने मर्यादा लाँघने के एक नहीं, कई अवसर गँवा दिए थे। बोलो, वह सब भी भूल गई हो तुम ?''

प्रतिमा ने कोई उत्तर नहीं दिया। काठ-सी खड़ी वह हरीश को अबूझ, अपरिचित भाव से देखने लगी। मुख पर हल्दी-सी पुत गई थी। पता नहीं क्या हुआ उसे कि वह हथेलियों से मुँह ढाँपकर फफकने लगी।

''लेकिन समझाया क्या था उन्होंने, यह तो बताओ,'' हरीश का अन्वेषी स्वभाव प्रतिमा की असामान्य और असंयत प्रतिक्रिया की पड़ताल करना चाहता था।

''यही कि विपरीत स्वभाववाले व्यक्ति को अनुराग और सहनशीलता से अनुकूलित किया जा सकता है।'' प्रतिमा ने याद करने का प्रयास करते हुए अनमने ढंग से बताया।

''यह नियम तो जीवन के हर क्षेत्र पर लागू होता है,'' हरीश ने प्रतिमा की सायास विस्मृति पर तरस दिखाकर उसकी घेरेबंदी की—''आगे और भी बातें हुई थीं। उन्हें भी भूल गई हो तो ध्यान से सुनो। सुमित ने कहा था कि दिन भर का थकामाँदा व्यक्ति घर लौटकर समर्पित और समग्र साहचर्य चाहता है, न कि व्यस्तता के प्रदर्शन के साथ की गई यान्त्रिक इच्छापूर्ति···, छोटी-छोटी समस्याओं को खेल-भावना के साथ सुलझाना चाहिए, न कि ताने-उलाहने, दलील-सफाई और तर्क-वितर्क के साथ उन्हें और भी उलझाना···, दूसरे पक्ष के अहं को प्रतिष्ठित करने और अपनी भूल को झट मान लेने से अपना ही मान बढ़ता है। क्या सुमित ने यह सब भी उन दिनों या बाद में नहीं समझाया था ?''

''हाँ, समझाया था। मैं कब मना करती हूँ ?'' कुछ उकताकर और कुछ खिसियाकर प्रतिमा ने हामी भरी।

''और पिछले 'मैरिज डे' कार्ड पर लिखा उनका सन्देश याद है तुम्हें ?'' हरीश ने उसकी बेमन से की गई प्रतिक्रिया को झटक कर उसकी अकृतज्ञता को प्रताड़ना दी—''कितनी भली लगी थीं उनकी वे पंक्तियाँ—'जीवन-साथी के संग मानसिक एकरूपता लाने की उत्तम युक्ति है उसके स्वभाव की विशिष्टताओं के साथ सामंजस्य बिठाना, न कि उनका विरोध करना—क्योंकि इससे अन्ततः दुराव ही बढ़ता है—और न ही मौन साध लेना, क्योंकि मौन, यातना और घुटन की उपज है।' याद है तुम्हें, एक-एक शब्द में कितनी मूल्यवान शिक्षा···''

''बस, बहुत हो चुका यह सुमित-पुराण !'' प्रतिमा की तड़पभरी चीख ने हरीश को चुप करा दिया। उसका अनुमान था कि निकट अतीत का वह प्रकाशित प्रकरण उसे शान्त और सन्तुलित करने में सहायक होगा, लेकिन नहीं। उसके आक्रोश की ज्वाला और भी भड़क उठी थी—''मैं कहती हूँ, जब उनका इतना अच्छा स्वभाव है, इतना मधुर व्यवहार है और इतने सारे गुण हैं उनमें तो क्यों अकेले रहते हैं वे ? क्यों दिव्याजी और संज्ञा बिटिया को अपने साथ नहीं रखते ? अच्छे कथाकार

होंगे तो बने रहें, आपको क्यों उकसाते हैं घर-फूँक तमाशा देखने के लिए ?"

अब हरीश को अपनी भूल की पहचान हुई। लगता था, उसने सुमित की लगातार चर्चा चलाकर प्रतिमा के आहत अहं से जन्मी प्रतिक्रिया को फूट निकलने की राह दे दी थी। कभी उनकी एक-एक कहानी के बीज-भाव को उस तक पहुँचाने के लिए अथक श्रम और समय देनेवाली प्रतिमा अब उनकी साहित्यिक उपलब्धियों का जिक्र चलते ही कैसी-कैसी चिढ़ानेवाली हरकतें करती है। उनकी प्रेरणा और मार्गदर्शन व्यंग्यलेखन के क्षेत्र में उसकी गति के हेतु बने हैं, यह हरीश को जितनी कृतज्ञता के साथ याद आता है, प्रतिमा को उतनी झुँझलाहट के साथ। इस क्षण उसकी अविवेकी प्रतिक्रिया का आदिकारण जानकर हरीश खुद को ठठाकर हँसने से और प्रतिमा को झिड़कने से नहीं रोक पाया—"वाह, क्या सूझबूझ भरी बातें हैं तुम्हारी ! किसी के बारे में अंट-शंट बकने से पहले सच्चाई जान लेना चाहिए। न तुम प्रैक्टिकल हो और न ही सेन्सिटिव। अरे भई, सुमित को अपनी थीसिस के सिलसिले में चार-छह महीने बनारस में ही रहना था और दिव्या को प्रशासनिक परीक्षा की कोचिंग के लिए दिल्ली में। अगर वह संज्ञा को उसकी विण्टर वेकेशन में लेकर अपने भाई साहब के पास रहने चली गई है तो इसमें···"

"जो भी हो, मैं तो बस इतना जानती हूँ कि मैं वही करती हूँ और करूँगी जो मुझे अच्छा लगता है। मुझमें न आप जितनी सूझबूझ है और न दिव्याजी जैसी आधुनिकता, जो विज्ञापन देकर वर चुनें और विवाह के बाद माँ-बाप से आशीर्वाद लें। उनका संस्कार खुल चुका है। सारे पुरुष आँखों में झाँककर हर तरह की बातें कर सकनेवाली उन जैसी 'बोल्ड' महिलाओं को अधिक पसन्द करते हैं। वह दिव्याजी ही थीं, जिनके ड्राइंगरूम में आप तीनों के बीच आधी-आधी रात तक ठहाके लगते रहे थे। गलत कह रही हूँ मैं ?" स्थिति को इस छोर तक लाकर प्रतिमा ने हरीश को अजीब क्रूर भाव से देखा।

"तुम कभी गलत कहती हो, जो आज कहोगी ?" हरीश ने विलक्षणधीरता से वार सह लिया और बेपरवाह हँसी हँस दिया। प्रतिमा की ईर्ष्याजनित कटूक्तियों को महत्त्व देकर उसके आदिम लांछनों में लिथड़ना उसके बस की बात नहीं थी।

लेकिन प्रतिमा कहाँ चूकनेवाली थी ? उसके व्यंग्य बाण छूट चुके थे—"मेरी दस बातों के जवाब में आप एक बात कह दें तो कह दें, नहीं तो माटी के माधो की तरह एक चुप, हजार चुप। लेकिन मैं चुप बैठनेवाली नहीं हूँ। आपके धूपछाँही मन का भेद जानकर ही चैन लूँगी। सच कहती हूँ, जिस दिन विश्वास कर लूँगी कि आपकी उदासी, चुप्पी और बेचैनी की वजह मैं ही हूँ, उसी दिन घर छोड़ दूँगी। मुझे बिठाकर खिलाने लायक बहुत है बाबूजी के पास···।"

हरीश अवाक् रहकर प्रतिमा को देखता रह गया। इस हद तक जा सकती है यह अभिमानिनी ! क्षोभ और आवेश से उसका शरीर थरथरा रहा था। उसका

आहत मन सुमित के घर 'ऐटहोम' के बाद वाली एक शाम का सफर तय करने लगा, जब विवाहित महिलाओं के स्वावलम्बन के अधिकार को लेकर हो रही बातचीत काव्यशास्त्र-विनोद-चर्चा में बदल गई थी और प्रकाश पण्डित की 'गुस्ताखियों' के रोचक उद्धरण घड़ी की टिकटिक भुला बैठे थे।

हरीश के क्रोध के परिणाम को टालने के यत्न में प्रतिमा चुप होकर कुछ दूर हट गई, फिर धीमे से बोली, "दिव्याजी ने विवाह के बाद ही बी. ए. किया था न ?"

"हाँ," हरीश ने भरसक संयत रहकर उत्तर दिया, "पढ़ाई अधूरी रह गई थी।"

"तब तो जरूर फिसड्डी रही होंगी," प्रतिमा ने एक छलाँग में निष्कर्ष निकाला और छोटी रेखा खींचकर अपनी योग्यता का बखान किया—"चिट्ठी-पत्री से समय मिलता, तभी न पढ़तीं देवीजी ! मैंने तो सब्जेक्ट या कैरियर की कभी परवाह नहीं की और मायके से ही एम. ए., बी. एड. किया।"

प्रतिमा की आत्मश्लाघा की प्रतिक्रिया में हरीश के मुँह से सहज ही निकल पड़ा—"हाँ देवीजी, अपनी उच्चशिक्षा के बल पर ही तो आपने समाज में इतना स्थान बनाया है। 'सखी-सहेली' जैसी व्यस्त संस्था का महासचिव बनना क्या सबके बस की बात है ?" कहकर वह मुस्करा दिया।

"बस यही ताना सुनने की प्रतीक्षा थी मुझे।" प्रतिमा तमककर बोली, "महिलाएँ घर की चारदीवारी लाँघकर समाज की समस्याओं से जुड़ें, यह आप जैसे अहंवादी पुरुष को कैसे स्वीकार हो ? भय भी लगता होगा—कहीं मेरी पहचान प्रतिमा मिश्रा के पति के रूप में न होने लगे। कहिए, मन का चोर पकड़ लिया न मैंने ?" कहकर प्रतिमा ने हरीश को प्रमाद और उपेक्षा से देखा और विजयी भाव से मुस्करा दी।

"तुम्हें जैसा चाहो सोचने की खुली छूट है," हरीश ने अविचलित रहकर सम्मति प्रकट की—"लेकिन मैं परिवार को जन-सेवा का प्रथम कार्यक्षेत्र मानता हूँ। यदि तुम्हारी जैसी शिक्षित महिलाएँ अपने परिवार में ही सेवा के आदर्श की प्रतिष्ठा कर सकें तो परोक्ष रूप से जनता के व्यापक वर्ग की सेवा अपने आप हो जाएगी।"

"पर उपदेश कुशल बहुतेरे।" हरीश के कथन के प्रभाव को कमजोर करने के प्रयास में प्रतिमा ने तीखे स्वर में कहा और एक सहज-सी अनुक्रिया की आभा को सतही वैचारिकता की गर्द से ढक दिया—"इस तरह की उलटबासियाँ भाषणबाज नेताओं के ज्यादा काम आती रही हैं, लेकिन मैं हिम्मत हारनेवाली नहीं।"

"मुझे गलत न समझो प्रतिमा।" उकताहट के शिखर पर पहुँच चुका हरीश सुखांत पटाक्षेप के लिए प्रस्तुत हुआ—"सब अपनी-अपनी समझ से सार्थक जीवन जीने का प्रयास करते हैं। तुम भी अपने विवेक के अनुसार अपने समय और प्रतिभा का उपयोग करने में समर्थ हो, यह मैं अच्छी तरह जानता हूँ, इसलिए सोचता हूँ कि

घर की एक अलग चाभी बनवा लूँ।''

''चाभी ! वह किसलिए भला ?'' अब प्रतिमा के चकराने की बारी थी।

''वह इसलिए कि ऑफिस से लौटने के बाद जब तुम घर पर न हो तो मैं ताला खोलकर कपड़े बदल लूँ और अपने साथ तुम्हारा भी चाय-नाश्ता लेकर तैयार रहूँ।''

गम्भीर हास्य की प्रतिक्रिया में प्रतिमा ने जिस तिलमिलाहट के साथ आँखें तरेरीं, उसे देख हरीश बड़ी मुश्किल से अपनी मुस्कराहट छिपा सका। प्रकट में उसने कहा, ''लो, इसमें बुरा मानने की क्या बात है ? जन-सेवा के लिए तुम्हें दस जगह जाना पड़ता है और देर-सबेर हो ही जाती है, इसी से मैंने सोचा कि…''

प्रतिमा असमंजस से घिरी हरीश के सुझाव का निहितार्थ बूझने में लगी थी। इसके पहले कि अपना वाक्-पराक्रम प्रदर्शित करने की कोई युक्ति उसे सूझे, कॉलबेल बज उठी। ''अब कौन-सी मुसीबत आ गई,'' कहती हुए प्रतिमा बाहर चली गई।

कोई दस मिनट बाद एक अधेड़ आधुनिका को साथ लेकर प्रतिमा दाखिल हुई।

''इनसे मिलिए,'' प्रतिमा ने महिला का परिचय कराया—''ये हैं पुष्पलताजी, उज्जैन के 'नारी निकेतन' की सचिव। उस नगर की कुछ सचेत महिलाओं ने 'सखी-सहेली' की उत्पीड़ित सदस्याओं के हित में संयुक्त प्रयास का प्रस्ताव रखा है। उसी पर विचार के लिए आज कार्यकारिणी की बैठक…''

''हाँ-हाँ, तुम निश्चिन्त होकर जाओ…और देखो, बबलू की चिन्ता मत करना। वह जब तक खेलकर लौटेगा, मैं खाने की कुछ-न-कुछ व्यवस्था कर रखूँगा।''

''नहीं, आप क्यों…,'' प्रतिमा ने संकोचवश विकल्प रखना चाहा, पर हरीश ने उसे दुविधा से उबार लिया—''मैंने कहा न, बिल्कुल चिन्ता न करो। एक तो तुम थकी हुई लौटोगी, दूसरे इतवार का दिन मुझसे खाली बैठे नहीं कटता।''

''जैसा आप ठीक समझें,'' यह कहने के साथ उसके मुख पर अनचाहे बोझ से छुटकारे का भाव झलक उठा और वह महिला से अनुमति लेकर हरीश को किचन में ले गई, छद्म खेद-प्रदर्शन के साथ मनोयोगपूर्वक 'जरूरी' निर्देश देने लगी और उसके 'सब समझ लिया' भाव के साथ गरदन हिलाने से संतुष्ट होकर चलने को तैयार हो गई। अभी वह परदा खींच कर बाहर निकली ही थी कि ठिठककर खड़ी हो गई। दरवाजे पर महरी खड़ी थी। उसे देखकर प्रतिमा यों छिटकी, मानो काली बिल्ली रास्ता काट गई हो और कड़वा मुँह बनाकर बोली, ''सुरसती…तू ! आज इतनी सुबह कैसे ? तुझे मालूम नहीं, आज इतवार है।''

''हम जानत हैं मालकिन,'' धीमे से कहकर सुरसती सिमट गई।

''तब फिर सुबह-सुबह क्यों धमक पड़ी मेरे घर !'' प्रतिमा ने नाराजगी से पूछा।

''मालकिन, थोड़े रूपियन की जरूरत रही,'' सुरसती ने आशय जताया—''आज

बिटिया की ससुरालवाले आवन को हैं। कुछ मदद मिल जाती तो···"

सेविका के असीम दैन्य और आसन्न संकट के प्रति प्रतिमा के मुख पर कोई अनुकूल भाव नहीं उभरा। "बहनजी, देखा आपने ?" कठोर और उपेक्षापूर्ण स्वर में उसने आगन्तुक महिला को लक्ष्य करके बोलना शुरू किया, "हम लोग कितने जरूरी काम से छुट्टी के दिन भी गृहस्थी छोड़कर निकले हैं और इन्हें रुपयों की पड़ी है। अभी महीना शुरू हुए तीन दिन भी नहीं हुए और तगादा चालू। महीने में चाहे जितने नागे हो जाएँ, लेकिन पैसे लेने के लिए झट तैयार।"

एक तो विवशता, उस पर सबके सामने झिड़के जाने की प्रतिक्रिया में सुरसती भी अप्रिय सत्य के सहारे मुँह खोल बैठी—"मालकिन, हर कोऊ पहली तारिख का सहारा लेत है। हमका तो हारे भटके आपहि लोगन का मुँह तके का परत है। तीस दिन जूठन धोवत हैं, तब एक दिन कुछ पावन का आसरा करत हैं। सच्चौं मालकिन, बड़ी मजबूरी आए गई है, नाहीं तो हम कबहूँ मुँह नाहीं खोलतीं," सुरसती ने गिड़गिड़ाकर ऊसर में दूब जमाने का जतन किया और हरीश की दृष्टि में तिनके की तलाश की।

"आज नहीं, कल-परसों ले लेना," प्रतिमा उसे निराश करके भी नमक छिड़कने से नहीं चूकी—"किसी को चलते समय टोकना बुरा होता है। आगे से ध्यान रखना," और सुरसती की डबडबायी आँखों से विमुख होकर एक झटके से बाहर निकल गई।

अनगिनत कीलों से बिंधा हरीश सुरसती की पिघलती पीड़ा और प्रतिमा की सैंडिलों की दूर जाती हुई खट्-खट् के बीच फँसा खड़ा था।

"तो जाऊँ बाबूजी ?" सुरसती की भर्रायी याचना उसकी टीसन से जुड़ी।

"नहीं," जेब से तीस रुपए निकाल कर उसकी ओर बढ़ाते हुए हरीश ने कहा, "लो, इससे काम चलाओ और जब मालकिन पैसे दें तो मुझे चुपचाप लौटा देना ···और हाँ," उसके आँसू-धुले मुख पर खिली हुई मुस्कान को अपलक देख उसने जोड़ा—"देख लो, किचन में कोई काम हो तो, लेकिन पहले जरा एक कप चाय दे जाना।"

सुरसती के "जी बाबूजी" कहकर भीतर जाते ही हरीश ठिठक गया। पल भर को उसे आभास हुआ कि गली के बाहर दृश्यमान जीवन की हलचलों को लाँघती हुई प्रतिमा की टोही दृष्टि उस पर टिक गई है, पर उसने झट गरदन झटक कर मतिभ्रम से मुक्ति पाई और दरवाजे का परदा खींच दिया। सुसंगत कैसेट चुनकर टेप-रिकार्डर चलाने के उसके उपक्रम को 'ललित' के सजे-सधे आलाप ने बरज दिया। पड़ोसी घर की सुकण्ठी संगीत-छात्रा के रवि-सत्र की उसे कितने लम्बे अन्तराल के बाद सुधि आई थी।

1992

इसी बहाने

गृहस्थी के रसद-विभाग की छठी और आखिरी पैकिंग को दीपा-बंटी के सहयोग से तैयार करके मैंने अपने क्षमाप्रार्थी शरीर को लचाया ही था कि मालाजी अपनी उन्मुक्त जटाओं को धूल-सने पंजों से अनुशासित कर, पल्ले का फेंटा बाँधती रसोईघर से प्रकट हुईं और मेरी सुअर्जित विश्रांति पर दूरस्थ दायित्व का बेंत सटकाने लगीं—"अच्छा जी, उधर अड़ंग-भर सामान समेटने को पड़ा है और आपको आराम की सूझी है !" मुझे क्लांत और शिथिल देख उन्होंने रास ढीली की—"खैर, कोई बात नहीं। बाकी काम हम लोग निपटा लेंगे; बस, आप बाजार जाकर ठेला या खड़खड़ा तय कर आइए। शिवमंगल का रास्ता देखने से काम नहीं चलेगा। शाम तो वैसे भी हो चली है," यह कहकर उन्होंने पलभर गैलरी की आहट ली और चिन्ताकुल आशंका प्रकट की, "समय पर अड्डे नहीं पहुँचे तो सबेरे टापते रह जाएँगे। शिफ्टिंग, सेटिंग, सफाई-धुलाई—क्या-क्या हो पाएगा एक दिन में ?"

माला की असहज व्यग्रता मुझे चुभ गई। उसके मशीनी और उस व्यवहार ने मुझे चिढ़ा दिया। मूडभंजक और अरसिक संगिनी हो तो इस जैसी। मेरी तरह इसका भी पुर्जा-पुर्जा पनाह माँग रहा होगा, पर क्या मजाल जो एक कप कड़क चाय के बहाने सबको जमा करके दो घड़ी हँस-बोल ले फिर ताजादम होकर काम निपटा ले। उसका फूहड़पन और बदहवासी देख मैं सन्तुलन खोने लगा।

इससे पहले कि आवेश अनचाहा रूप ले, मैंने माला को क्रुद्ध भाव से देखा और चुपचाप रसोईघर का रुख किया। मेरा इरादा भाँपकर उसने झट तेवर बदले और रास्ता रोक कर अनुनय की, "सॉरी उठाया-धरी में चाय की याद ही नहीं आई। आप बैठिए, बस दो मिनट में बनी जाती है।" मैंने उसे परे हटा कर भीतर जाना चाहा, पर वह भरपूर जोर लगाए अड़ी रही। खैर, किसी तरह मैं घुस तो गया, पर उस भड़भड़ बटेहरी के बीच चाय बनाना कम से कम मेरे लिए असम्भव था। मैं

खीझता-गुर्राता बाहर निकला तो माला और बच्चे खिल्ली उड़ाने लगे।

"लो, तुम्हीं पियो चाय-वाय ! मैं जा रहा हूँ खड़खड़े वाले के पास," फनफनाए स्वर में इरादा जताकर मैं कपड़ोंवाली खूँटी पर झपटा, तभी गैलरी में से सुपरिचित सम्बोधन गूँजा—"साहेब !"

"आओ शिवमंगल।" मैंने और माला ने उत्साहित होकर विलम्बित सुखान्त का स्वागत किया और हमारे पारिवारिक संसार का विन्यास सहसा बदल गया। माला ने झट गुसलखाने में जाकर धज सँवारी और चाय-नाश्ता बनाने में जुट गई। बड़ों के बचकाने व्यवहार की पहेली में उलझे बच्चे भी सामान्य होकर पूर्ववत व्यस्त हो गए।

"साहेब राम-राम···मालकिन राम-राम।" शिवमंगल ने उल्लसित अभिवादन किया और हाथ जोड़कर सफाई सी दी—"माफ करना, साहेब, देरी हुइ गई।" जब तक मैं या माला कुछ कहें, उसने फिर खेद प्रकट किया और दरवाजे के आगे रसोईघर की दीवार के सहारे उकड़ूँ होकर बैठ गया। कुछ देर चुप रहकर उसने साँस को स्थिर किया और जैसे-तैसे बाँधे गए सामान को देखते हुए कहा, "आप लोग काहे तकलीफ किए ? हम तो आवतहि रहे।"

"कोई बात नहीं शिवमंगल, काम ही कितना था," मैंने उसे निश्चिंत किया और मंतव्य जताया—"इससे बड़ा और जरूरी काम करना है तुम्हें। कल यह सारा सामान पहुँचाना है कालोनी के क्वार्टर में और उसके लिए साधन का प्रबन्ध करना है। उसीके लिए तो अभी तुम्हारी मालकिन मेरी खबर ले रही थीं," यह कहने के साथ मैं मुस्कराया।

"अरे साहेब, हमरे रहते आप काहे फिकिर करत हौ," मुझे टोकने के साथ शिवमंगल भी हँस दिया—एक संकोचपूर्ण, निश्छल हँसी, जो साँवले होठों के बीच कौंधती बत्तीसी के साथ झर गई थी। मेरी जिज्ञासु मुद्रा पढ़कर उसने कुछ कहना चाहा, तभी माला ने चाय-नाश्ता लाकर रखते हुए कहा, "शिवमंगल भैया, बाबूजी की बातों में न उलझ जाना, चाय पीकर जल्दी से···," शिवमंगल ने झट आदेश ग्रहण किया—"मालकिन, आप निसाखातिर रहो। सब इन्तजाम हुइ जाई।" इस बीच दीपा ने मेरी किताबों और फाइलों की ओर संकेत करके उनके निपटारे की बाबत जानना चाहा। मैं उसे बुलाकर समझाने लगा। अपनी बौद्धिक सम्पदा के सहेजे जाने पर नजर रखने के साथ-साथ मैं शिवमंगल को देख लेता था जो दीवार से टिककर नाश्ता निपटाने में निमग्न था।

दीपा से फुरसत पाकर मैंने अपने कप की सुधि ली। चाय अभी तक गर्म थी। शिवमंगल के आ जाने से मुझे दोहरी राहत मिली थी—मेरा रक्तचाप बढ़ाने वाली माला की अटूट कोंचन से और थकान से पस्त शरीर को बाजार तक घसीटने से। चाय पीने के बीच मेरी दृष्टि शिवमंगल के भाव-निमग्न मुख पर टिकी, फिर उसके

कायिक अस्तित्व की पड़ताल करने लगी। उसकी इकहरी सुडौल देह पर कॉट्सवॉल की छोटे चेकवाली हरी बुश्शर्ट और स्लेटी पैंट थी, जो पिछले जाड़ों में उसकी दीनता पर द्रवित होकर या उसकी आज्ञाकारिता पर रीझकर माला ने उसे दी थी। यद्यपि उसके बैठने की स्थिति से साफ था कि कपड़े उसे तंग पड़ रहे थे।

उसे देखते-देखते मुझे अनायास ही एक सुखद और विरोधाभासपूर्ण तथ्यता का बोध हुआ। यही शिवमंगल पिछले वर्ष की एक दुपहर में मेरे सामने बैठा पेटपूजा कर रहा था। भूख से कुलबुलाने पर भी उसका संकोच से गड़ते जाना मुझे भुलाए नहीं भूलता। आज जो इससे उस घटना-क्षण को याद करके दुहराने को कहूँ तो शायद यह अचकचाकर सिर खुजलाने लगे, जबकि सितम्बर की उस भाव-सघन दुपहर का दृश्य फ्रेम-दर-फ्रेम मेरे स्मृतिपटल पर अंकित है···

संस्थान में उस दिन, जब सहकर्मी भोजन के लिए अपने घरों को और कैंटीन के लिए निकल रहे थे, मैंने भी कागजपत्र सँभाले और लंच-बॉक्स को मेज पर रखा। कूलर से पानी लाने के उपक्रम में मैंने सीट छोड़कर फ्लास्क सँभाला ही था कि खस्ताहाल कमीज-पायजामा पहने एक साँवले और क़ाफी दुबले व्यक्ति पर दृष्टि पड़ी जो दीवार से टिककर धीमी हवा के धक्के से घूमते एक्जॉस्ट फैन के परों को गौर से देख रहा था। मेरे उठने की आहट से वह सचेत हुआ और झट सावधान मुद्रा में खड़ा हो गया। मैंने घड़ी पर नजर डाली और सहज उत्सुकतावश पूछ लिया, "क्यों भाई, आज खाना नहीं खाना है क्या ? जाओ, लंच टाइम हो गया।" उसे पूर्ववत् खड़ा देख मैंने अनुमान लगाया कि कैजुअल कर्मचारी होने के कारण उसे सम्भवतः हूटर बजने की प्रतीक्षा थी "कोई बांत नहीं, तुम बेखटके जाओ," मैंने हाथ के संकेत से उसे निश्चिन्त करने के साथ ही सजग किया—"खाना बुक न कराया हो तो भाग कर जाओ, नहीं तो वहाँ प्याज और मिर्च के सिवा···," और मैंने रस्मी माहौल की बंदिश तोड़ने की गरज से ठहाका लगाया।

दीनता और विवशता की प्रतिमूर्ति बना वह व्यक्ति अपनी जगह अविचल खड़ा था—मेरी सायास अनौपचारिकता के प्रति और भी संकोच अनुभव करता, प्रत्याशा और अनपेक्षा के मिश्रित भाव से मुझे एकटक निहारता हुआ। उस विकट स्थिति ने मुझे अस्थिर कर दिया। कहीं गहरे लगा कि जाने-अनजाने आसपास कुछ अघट घट रहा है और उसके असर से अनछुआ रहना मेरे बस में नहीं है। क्षणांश ही में सामने खड़े उस व्यक्ति की अकथ अवशता मुझ पर कौंध गई और मैंने विकल होकर खुद को उससे पूछते हुए पाया—"खाना घर से लाते हो या···? कोई जगह बनाई है तुम लोगों ने कि सब अलग-अलग···?"

उस व्यक्ति ने रोती आँखों से पल भर मुझे निहारा, फिर नकार में गरदन हिलाकर सिर झुका लिया।

"खाना नहीं लाए···और कैंटीन में भी बुक नहीं करा सके, क्यों ?"

झुके हुए सिर और चुप्पी ने सारा अनकहा कह दिया।

ओह ! मैंने विचलित होकर खाली फ्लास्क रख दिया और जेब से पैसे निकालकर देने चाहे, पर कैंटीन के अक्खड़ स्टाफ के हाथों कैजुअल कर्मचारियों की दुर्गति का स्मरण कर हाथ रोक लिए। सम्मुख खड़े व्यक्ति के चरम दैन्य और विकट धीरज से एकात्म हुई संवेदना ने युक्ति निकाली और मैंने फ्लास्क को उसके आगे करते हुए कहा, "ये लो–क्या नाम है तुम्हारा–शिवमंगल ना ? जाओ भैया, जरा कूलर से पानी भर लाओ।" एक निर्मल स्मिति उसके श्यामल, क्लांत मुख पर छिंट गई। उसने झट हाथ बढ़ा दिए। आज्ञापालन के लिए उसकी निःसंशय तत्परता ने मुझे अपना मंतव्य प्रकट करना सुलभ कर दिया–"जाओ, पानी लेकर आओ फटाफट। फिर खाना खाया जाए।"

"क्या साहेब ?" वह अचकचाकर मुझे ताकने लगा। मेरे कथन में निहित आशय उसकी प्रत्याशा पर भारी था। मैंने उसे दुविधामुक्त किया–"हाँ, शिवमंगल, कैंटीन में तो कुछ मिलेगा नहीं···और भरी दुपहर में भटकने से अच्छा है कि मिल-बाँटकर खाया जाए। जितना है, दोनों के लिए बहुत है।" उसे फिर भी निष्क्रिय देख मैंने बनावटी गुस्सा दिखाया–"अब हिलो भी बौड़मबसंत ! आधा लंच टाइम तो तुम्हें समझाने में ही बीत जाएगा।" मेरी मुद्रा देख वह लाइन पर आया और बाएँ हाथ से फ्लास्क थामकर नाक की सीध में लपक गया।

कड़ी धूप, तेज भूख, आत्मीय डाँट और निराडम्बर सदाशयता–इन सभी के संघटन से सृजित निर्बंध परिवेश ने उस कालखण्ड को जैसे नियत कर दिया, मेरे और शिवमंगल के मध्य एक आत्मीय और सुदीर्घ सम्बन्ध के रूप में पनपने देने के लिए। कैजुअल कर्मचारी के रूप में अनुभाग से उसका नियमित जुड़ाव मुझे उसकी जीवन-स्थितियों से परिचित कराता जा रहा था। टुकड़ों-टुकड़ों में उसकी संघर्ष-कथा मुझ तक पहुँचती रही···भूमिहीन मजदूर के रूप में किशोर से युवा होने तक का सफर तय करता उसका बंजारा जीवन···कर्ज और जिम्मेदारियों की काँवर लादे-लादे उसका हाँफना और दुर्दिनों के खूँख्वार कुत्तों का उसे फाड़ खाने के लिए पीछा करना···विवाह ···बच्चे···कुछ दिन शहर में रिक्शा चलाना···गाँव लौटकर सहकारी-समिति में काम पा जाना···हाथ की तीन अँगुलियों का थ्रेशर का आहार बनना··· ।

उस जैसा सीधा-सच्चा आदमी कार्मिक विभाग के भ्रष्ट गिरोह का किला भेदकर कैजुअल कर्मचारियों की कतार में जगह कैसे पा गया, इस जिज्ञासा का अपनी पूरी विनम्रता और सरलता के साथ शमन किया था शिवमंगल ने। भूमिपुत्र होने के नाते वह बागवानी में प्रवीण था, अपनी अपंगता के बावजूद। रोटी-रोजी की तलाश में भटकता वह संस्थान के अधिकारियों की आवासीय बस्ती में पहुँचा था और सुरक्षाकर्मी के रूप में तैनात जिला-बन्धु के प्रताप से एक दबंग उपप्रबन्धक के बंगले के लॉन

पर बेगारी करने का वरदान और फलस्वरूप संस्थान का प्रवेशपत्र पाने में सफल हुआ था···।

घंटियों-सी हँसी के साथ 'पापा तो गए काम से !' का विनोदपूर्ण कटाक्ष सुनकर मैंने स्मृतियों का झरोखा छोड़ा और दृश्यमान संसार की सुधि ली। दीपा और बंटी मेरी ओर संकेत करके तालियाँ बजा रहे थे और हँसते-हँसते बेहाल हुए जा रहे थे। शिवमंगल भी चाय-नाश्ता निपटाकर मेरे सामान्य होने की प्रतीक्षा में था। मुझसे दृष्टि मिली तो वह तत्परता से हाथ जोड़कर बोला, "अच्छा साहेब, हम चलत हैं। कल संझा समय···"

"नहीं शिवमंगल, तीन बजे तक जरूर आ जाना," मैंने अधीर होकर कहा और उसे सावधान किया—"और देखो, जरा कायदे का आदमी लाना। किराए को लेकर झिकझिक न हो—और थोड़ी गाड़ी वगैरह मजबूत हो। यह नहीं कि इधर सामान लादा और उधर घोड़ी हवा में टँगी हुई है।" मेरे कथन की कल्पना करके बच्चे खिलखिलाकर हँसे। शिवमंगल ने कुछ सकुचाकर कहा, "नहीं साहेब, कौनो झंझट न होई। सारा सामान आराम से पहुँचाय देब। मुला थोड़ी देर हो जाए तो···, काहे ते कि कल हाफ डे है। बड़े मालिक के बंगले पर काम है।" बहरहाल, चार बजे का समय तय पाया गया।

सुबह ही से हम सब तनाव अनुभव कर रहे थे। शिफ्टिंग की सुविधा के लिए माला ने रसोई के लिए कम-से-कम बरतन निकाले थे। भोजन बारह बजते-बजते निपटा लिया गया था। दीपा और बंटी नयी जगह जाने के रोमांच से घिरे थे। वे अपनी-अपनी पैकिंग को कई बार खोल-बन्द कर चुके थे और नए क्वार्टर में किस जगह क्या रखा जाना है, यह निश्चित करने के लिए कई नक्शे बना-बिगाड़ चुके थे। खड़खड़ा या भैंसा-ठेला उन्होंने सड़कों पर दसियों बार देखा था, पर उसे इतने नजदीक से देख पाने का रोमांच उनकी सक्रियता में काफी कुछ जोड़ रहा था। माला अपनी गृहस्थी को आखिरी बार समेट चुकी थी और पड़ोसियों से विदा लेकर लौट आई थी। उसका खोया-खोयापन उसके मन की दशा दर्शा रहा था। बीच-बीच में कभी खुद को और कभी मुझे लक्ष्य करके वह कह उठती थी, "पता नहीं, इतना सारा सामान ठेले पर लदकर कैसे जाएगा···कितने फेरे लगेंगे···। क्रॉकरी और अचार के मर्तबान मैंने अलग रख दिए हैं। ये मेरे साथ जाएँगे। कहीं इन्हें ठेले पर न रखवा दीजिएगा।" मैं उसकी चिन्ता को उचित महत्त्व देकर उसे आश्वस्त कर देता था। जहाँ तक मेरी बात थी, मेरा सरोकार समय-सीमा से जुड़ रहा था। सामने पड़े सामान और वाहन के आयतन के बीच संगति बिठाने के साथ कुल फेरों की गिनती और उनमें लगनेवाले समय का अनुमान लगाना खासा तनाव भरा अभ्यास था।

शिफ्टिंग के मध्य और अनन्तर प्रभावी माला के 'आवश्यक निर्देशों' के अनन्त दुहराव की ऊब मिटाने के उपक्रम में मैं अखबार लेकर फर्श पर पसर गया। माला

की खटर-पटर और दीपा-बंटी की गुनगुन सुनने के साथ पढ़ते-पढ़ते झपकी लग गई, पर कुछ ही देर में ठहाकों के धमाके से नींद टूट गई। आँखें खुलीं तो देखा कि बंटी की नज़र मेरी तोंद पर रखी गेंद पर थी। मैंने गेंद फेंक कर उसे डाँटा—"दो मिनट चैन से लेटना दूभर हो गया।" वह सहम गया, पर दीपा ने "आप सो रहे थे कि टेम्पो चला रहे थे !" कहकर खर्राटा भरने की जो नकल उतारी तो मेरी नाराजगी हवा हो गई। "अच्छा चलो वहाँ से, पापा को परेशान नहीं करो," माला ने बच्चों को हड़काया। दोनों मुँह दबाकर हँसते हुए सीधे बैठ गए। "अब उठिए भी। शिफ्टिंग हो जाए तो भरपूर सो लीजिएगा।" माला को आदतन शुरू होते देख मैं भी उठ बैठा और बदन को दाएँ-बाएँ लचाकर आगामी व्यस्तता के लिए तैयार होने लगा। घड़ी पर नज़र डालनी चाही तो वह अपनी जगह नहीं थी।

ठीक तभी "साहेब !" के सम्बोधन के साथ कई घण्टियों की आवाजें गैलरी में से उभरीं। "आ गया भई आ गया !" दीपा-बंटी ने स्प्रिंग की तरह उछलकर नारा लगाया और बाहर फर्राटा भरा।

पीछे-पीछे मैं भी चला। घण्टी की आवाज ने तेज उत्कण्ठा जगा दी थी। मुझे ज्यादा दूर नहीं जाना पड़ा। एक बलिष्ठ युवक के साथ शिवमंगल आता दिखा।

"क्यों भई, ले आए खड़खड़ा ?" मैंने देखते ही पूछा, "कितने में तय किया ?"

"खड़खड़ा नहीं साहेब, रिक्शा ले आए।" शिवमंगल ने ससंकोच सूचित किया। मुझे अस्थिर देख उसने पल भर सिर खुजलाया, फिर गरदन हिलाकर और बायाँ हाथ लहराकर कहा, "फिकिर न करो साहेब, हम दुइनों मिलके फटाफट सारा सामान पहुँचाय देब।"

एकाएक मेरी समझ में नहीं आया कि यह कैसे हो पाएगा। मेरी दुविधा भाँपकर उसने कहा, "आप का बिसवास नाहीं है का ?…अच्छा, हम मलकिन से बात करत हैं।"

हमारी बातचीत के बीच रोमांच-वंचित बच्चे चुप और सुस्त होकर भीतर चले गए थे। जैसी आशंका थी, माला तेज-तेज बाहर आई और मेरे कुछ कहने के पहले ही शुरू हो गई—"क्योंजी, हो गया इन्तजाम ? मैं कल से रट रही हूँ कि आप खुद कोशिश कीजिए और ऐसा प्रबन्ध कीजिए कि सारा सामान सुभीते से पहुँच जाए, लेकिन आप तो इस बौखल पर सब छोड़कर फुरसत पा गए। इस बेचारे को क्या समझ है कि कितना सामान है और कैसे जाएगा ?" कहकर उसने मुझे निराश और खिन्न भाव से ताका, फिर शिवमंगल की खबर ली—"क्यों रे, तुझे रिक्शा ही मिला था यह सब ले जाने को ? आधा सामान तो रास्ते में ही रह जाएगा। टूट-फूट होगी तो कौन भरेगा—तू या तेरे बाबूजी ? चार तो वैसे ही बज चुके हैं। तू जा, हमें नहीं करानी शिफ्टिंग-विफ्टिंग !"

शिवमंगल लपककर माला के आगे पहुँचा और हाथ जोड़कर बोला—"बीबीजी, गुस्सा न करें। हम जानबूझकर रिक्शा लाए हैं। खड़खड़ा ठेला ते ये ही अच्छा रही। आपके आसिरवाद से हम दुइनों जने आठ बजते-बजते एक-एक चीज पहुँचाय देब।"

"चल, बातें बनाता है !" अविश्वास और उपेक्षा के साथ माला ने उसे झिड़क दिया—"इतना सारा सामान तीन घण्टे में कैसे पहुँचाएगा तू ? ये इतने भारी सेफ, ट्रंक और पलंग लदेंगे तो रिक्शा टूटेगा कि बचेगा ? और मान लो चढ़ा भी लिया किसी तरह तो क्या भरोसा कि सब कुछ सही सलामत पहुँच ही जाएगा। किसी के चेहरे पर थोड़े ही लिखा होता है कि···न बाबा न···," माला ने सिर झटककर फैसला सुना दिया, "सामान रिक्शे पर हरगिज नहीं जाएगा।"

यह स्थिति देख मैं उलझ गया। सबसे ज्यादा मैं खुद को लताड़ रहा था। क्या जरूरत थी मुझे इस मनमौजीराम पर फैसला छोड़ने की ? खुद जाकर क्यों नहीं तय किया ? इसे रिक्शे सहित उल्टे पाँव लौटा क्यों नहीं दिया ? लेकिन मेरा विचारक्रम दिशा बदलने लगा—शिवमंगल भी तो अहमक नहीं है। इतने दिनों उसे घर-बाहर काम करते देखा है। दो रिक्शे लाया होगा तो कुछ सोच-समझकर। परखने के लिए ही सही, उसे एक मौका देना चाहिए। मैंने माला की ओर देखा। नहीं, वह भी एक ही जिद्दी है···और मूडी भी। इस घड़ी मेरी सलाह मानना दूर, इन सबके सामने गत बना डालेगी। फिर मैंने शिवमंगल पर नजर डाली, जो गरदन झुकाकर बाल खुजाता हुआ चुपचाप खड़ा था। उसे बच निकलने की राह न देते हुए मैंने उसे घूरा—क्यों रे बुद्धिप्रसाद, मेरे सामने तो खूब हाँक रहा था, अब मुँह में दही जमाए क्यों खड़ा है ? खोल न अपनी मालकिन के ज्ञान-कपाट ?

संकेत समझकर शिवमंगल माला के आगे बिछ गया—"मालकिन, आप बेकार गुस्साती हैं। आप हमार इत्ता धियान राखति हों तो का हम आपका नुकसान करब ? जेहिका हम साथ लाए हन, उ हमार खास पहिचानी है। भतीजा लगत है हमार। तबहूँ हम ओहिका आँख-ओझल न होय देब, साथहि-साथ चलब। आगे ऊ रही, पाछे हम।"

उसकी युक्ति सुन मैं और बच्चे जितने चकराए, उससे अधिक माला। फिर भी, जबकि हम सब चकित और गम्भीर बने रहे, माला ने कटाक्ष किया—"वाह-वाह, क्या इन्तजाम किया है साहब और सेवक ने मिलकर ! न ट्रक मिला, न ठेला। एक तो पिद्दी-से रिक्शे घसीट लाया है, उस पर कहता है—हम साथ-साथ चलेंगे। कैसे चलेगा तू—रिक्शे के पीछे दौड़ लगाता हुआ ?" माला ने तमककर पूछा।

शिवमंगल चुप रह गया।

"बोलता क्यों नहीं, तू रिक्शे के पीछे दौड़ लगाएगा ?" तिरस्कारपूर्ण हँसी के साथ माला ने दुहराया और उसकी सूझ को पूरी तरह समझे बिना उसे झिड़क दिया—"सामान की हिफाजत के लिए अगर यही करना है तुझे तो दीपा और बंटी

क्या बुरे हैं ? तुझसे तो तेज ही दौड़ लेंगे दोनों। नहीं, तेरी बात मानकर अपनी चीजों की दुर्दशा नहीं करवानी है हमें।''

''अरे बीबीजी, हमरी बात तो सुन लेव पहले,'' शिवमंगल अधीर होकर बोला, ''पीछे-पीछे दौड़े को को कहत है ? अरे, हम खाली रिक्सा लै के नाहीं चलब। सामान रखके चलब पाछे पाछे।''

''क्या कहता है तू ?'' कौतुक और अविश्वास से माला की आँखें फैल गईं। शिवमंगल के दाहिने हाथ पर नजर टिकाए रखकर उसने जोड़ा—''तू सामान रखकर रिक्शा चलाएगा ? दिमाग तो ठीक है तेरा ? इन हाथों से हैंडिल तो सधेगा नहीं, बोझ कैसे ढोया जाएगा ? तू भी अपने साहब की तरह शेखचिल्ली है, तभी तो···,'' कहकर उसने जो हँसना शुरू किया तो बच्चे भी हो-हो करने लगे।

शिवमंगल ने चुप होकर सिर झुका लिया। माला और बच्चों की प्रतिक्रिया ने उसे चोट पहुँचाई थी, पर जल्दी ही उसने खुद को सहेज लिया और सधे स्वर में कहा, ''आप एक फेरा लै तो जाए देव बीबीजी। कौनों गफलत होय तो हमका घर मा न घुसे दियो···और ज्यादा कुछ नाहीं कह सकत हैं।''

शिवमंगल का साहस और विश्वास-भरा प्रस्ताव माला की नाखुशी और खीझ को कम नहीं कर पाया। उसने तुरन्त हरी झण्डी तो नहीं दी, पर विकट स्थिति के चलते न भी नहीं की। उसकी दुविधा को भाँपकर मैंने पहल की और उसे भीतर ले जाकर समझाया—''अब सोचने-विचारने को क्या है ? पहले फेरे में हल्का-फुल्का और मामूली सामान भिजवाते हैं। सब ठीक रहा तो धीरे-धीरे बाकी सामान भी चला जाएगा। न हुआ तो पलंग और अलमारी वगैरह कल सुबह ठेले पर···''

माला सोच में पड़ गई, पर ऐसी बेढंगी स्थिति थी कि उसे सहमति देने में देर नहीं लगी। ''ठीक है, जैसा आप कहें'', उसने तनाव झटक कर किचन की ओर घूमते हुए कहा, ''आप उसे तैयार रहने को कह दीजिए।''

मैंने बाहर आकर शिवमंगल को सुसंवाद दिया। उसने मुझे चुस्त सलाम किया और गैलरी का रुख किया। दीपा-बंटी अपेक्षाभंग की खिन्नता से घिरे, तने हुए खड़े थे। मैंने दोनों के सिर पर हाथ फेरकर नरमी से कहा, ''देखो बच्चो, जब रिक्शा आ गया है तो कुछ सामान इसी पर भेजे देते हैं। घोड़ीवाला ठेला कल सुबह आएगा। वैसे भी हम लोग नए घर में फर्स्टक्लास ताँगे पर बैठकर···,'' यह सुनते ही दोनों खुशी से उछल पड़े और माला की सहायता के लिए भीतर दौड़ गए।

कुछ ही देर में माला ने बाहर आकर शिवमंगल को सामान दिखाया—''पहले फेरे में यह सब ले चलना है। मैं भी साथ चल रही हूँ। देखूँ, तुम्हारी बातों में कितना दम है।''

''चलौ मालकिन, आप चलिहौ तो हमरी आन जरूर निभि जैहे,'' शिवमंगल ने आभार और संकोच से मुस्कराकर कहा और भतीजे रग्घू को साथ लेकर सामान

उठाने लगा।

मेरी दृष्टि माला की ओर गई। उसने पूजावाला परिधान पहना हुआ था। उसके मुख पर संशय और अविश्वास की छाया अभी तक घिरी हुई थी। मैंने सामान का मुआयना किया। माला ने पहले फेरे के लिए गैस-स्टोव और सिलिण्डर, खाने-पकाने के बर्तन और चाय नाश्ते के सरंजाम रखवाए थे। प्लास्टिक की एक बड़ी बाल्टी में लगभग सारी क्रॉकरी समा गई थी। नाजुक सामान को रास्ते के झटकों-धचकों के असर से बचाने के लिए खूब अच्छी तरह से पैक किया गया था और यह सब करने में बमुश्किल बीस मिनट लगे थे। माला के हाथ के थैले में पूजा का सामान, फ्रेम की हुई छवियाँ और धार्मिक पुस्तकें थीं। बच्चों ने साथ जाने की जिद की तो माला ने सख्त टीचर का अंदाज बनाए रखा। चलने से पहले माला ने मुझ पर उड़ती हुई दृष्टि डाली। उस पैनी दृष्टि में मेरे काहिल, गैर जिम्मेदार और निकम्मे सिद्ध हो जाने की प्रतीक्षा मुखर थी, पर शिवमंगल के अदम्य आत्मविश्वास से जुड़ा होना मुझे उस अपेक्षा को फूँक से उड़ा देने का जीवट दे गया और मैं शिफ्टिंग का शुभारम्भ देखने चल दिया।

बाहर आते ही बंटी ने सुनाया—''पापाजी देखिए, सारा सामान कितनी जल्दी लग गया !'' ''और कितनी सफाई से !'' दीपा ने शिवमंगल और रग्घू को प्रशंसा से देखकर जोड़ा। ''कमाल है !'' दोनों रिक्शों को देखते ही मेरे मुँह से निकल पड़ा। कुर्सियों, फील्डिंग पलंगों और चारपाई को रिक्शे के दोनों किनारों और पीछे दीवार की तरह बाँधकर शिवमंगल ने भीतर रखे जानेवाले नाजुक और कीमती सामान को पूरी तरह सुरक्षित कर दिया था। मैंने आगे बढ़कर शिवमंगल की पीठ थपथपाई।

सारा सामान रखा जा चुका तो शिवमंगल ने माला से रग्घू के रिक्शे पर बैठने को कहा और खुद पीछेवाले रिक्शे को थाम लिया। सारे संशयों और सन्देहों को चुनौती देते हुए उसने बाएँ हाथ से हैंडिल को कसकर थाम लिया। उसकी कटी हुई अँगुलियोंवाला दाहिना हाथ हल्के से सहारे के साथ हैंडिल पर सध गया। फिर उसने मुझे आत्मविश्वास और आश्वस्ति के साथ देखा और ''अच्छा साहेब !'' कहकर पैडल पर पाँव मारा। रिक्शा थोड़ा-सा लड़खड़ाया तो मैं लपककर उसे थामने बढ़ा, पर उससे पहले ही शिवमंगल ने अभ्यस्त रिक्शाचालक की कुशलता से बोझ को सन्तुलित किया और धीमी और सधी चाल से रग्घू के रिक्शे के पीछे-पीछे चल दिया।

उन लोगों को गए एक घण्टे से ऊपर बीत गया था। मैं भीतर-बाहर चक्कर लगा रहा था। मन में तरह-तरह की आशंकाएँ घुमड़ रही थीं। मेरी चिन्ता केवल शिवमंगल को लेकर थी। कहीं उसकी अपंगता किसी अनहोनी को जन्म न दे बैठी हो। तभी मैंने घण्टियों की आवाज सुनी। सबको सुरक्षित लौटे देख मेरी सारी चिन्ताएँ मिट गईं।

"भई, इन लोगों ने तो बड़े आराम से पहुँचा दिया," माला ने संतुष्ट स्वर में बताया, "सारा सामान सही-सलामत है और मैं भी।"

"फिर इतनी देर कैसे लगी ?" मैंने फिर भी जानना चाहा, "सामान उतारने में ?"

"सामान तो सब कॉलोनी के लोगों ने मिल-बाँटकर उतारा था," माला उत्साह से बताने लगी—"मुश्किल से दस मिनट लगे होंगे उसमें। देर तो चाय पीने में लग गई। वे सब मानती ही नहीं थीं।"

नई जगह के सुखद वृत्तांत ने और माला के बदले हुए व्यवहार ने माहौल को ही बदल दिया। दीपा और बंटी ने तांगे-वांगे की बात भूल, रिक्शे पर बैठने की जिद पकड़ ली। मेरा संकोच ताड़कर शिवमंगल ने अगले फेरे में बच्चों को नए घर में पहुँचा दिया।

कुल मिलाकर सात फेरे लगे और करीब ढाई घण्टे में हमारी सारी गृहस्थी नए घर में पहुँच चुकी थी—दीवान, सेफ और फर्नीचर सहित। मेरे मना करने पर भी शिवमंगल ने मुझे मेरी साइकिन सहित अपने रिक्शे पर बिठाकर पहुँचाया। इस बीच दोनों ने दम लेने और पानी पीने के अनुरोध को टाल दिया था।

नए घर में पहुँचे तो साढ़े सात बज रहे थे। माला ने सामान खोज-खाजकर चाय तैयार की और बच्चों ने बिस्कुट वगैरह निकाले।

"लो भाई, तुम लोग हाथ-मुँह धो लो और चाय पियो। बहुत थक गए होंगे।" माला ने स्नेहिल आग्रह किया।

शिवमंगल ने सिर हिला दिया और पसीने से भीगे हुए शरीर को गमछे से सुखाते हुए कहा, "नहीं मालकिन, हम चाय न पियब। पहले रिक्सा जमा कराए का है, फिर खाना खाए का इन्तजाम करेका है।"

मैंने बड़े आग्रह के साथ दोनों को पंखे के पास बैठाया। माला झट से पेठा और ठण्डा पानी ले आई।

दोनों चलने लगे तो माला ने पचास-पचास के दो नोट निकाले और उन्हें शिवमंगल की ओर बढ़ाकर कहा, "लो भई, यह रखो। देखो, ठीक है न ?"

शिवमंगल छिटककर पीछे हट गया और हाथ जोड़कर बोला, "नहीं मालकिन, हमका रुपया न चाही। आपका दिया हमरे पास बहुत है।"

"वो तो ठीक है, लेकिन हम तो तुम्हें मेहनत के पैसे दे रहे है। हमें तो अभी भी विश्वास नहीं हो रहा है कि इतना सारा सामान दो रिक्शों पर आया है।

उतारने-चढ़ाने को मजदूर भी तो नहीं था कोई। रुपए तो तुम्हें लेने ही होंगे। रख लो, मुझे बहुत खुशी होगी।" यह कहने के साथ माला ने दोनों नोट शिवमंगल की मुट्ठी में दबा दिए।

"नहीं मालकिन। आप कुछौ कहो, मुला हम रुपया न लेब।"

माला ने कई तरह से कई बार रुपए देने चाहे, पर शिवमंगल का विनम्र अस्वीकार ध्रुव-सा अटल रहा। माला को पराजित और उदास देख वह विचलित हुआ और पलभर सोचकर बोला, "अच्छा मालकिन, नाहीं मानत हौ तो खाली रिक्सन का चारज तीस रुपइया दइ देव। हाँ, बस तीसहि चाही। बाकी हम आपकेर घर-गिरस्ती सब सही-सही पहुँचाय दिए औं, आप लोगन केर बिसवास जीत लिए, एहिते जादा हमका का चाही ?"

"वाह शिवमंगल, क्या बात कही है तुमने !" उसकी सदाशयता से अभिभूत होकर मैंने कहा, "लेकिन हम तो तुम्हारी मेहनत का हक दे रहे हैं, तुम्हारे प्रेम और लगन की कीमत नहीं···और फिर तुम तो अपनी तरफ से कुछ माँगोगे नहीं, यह हम लोग अच्छी तरह से···,"

"ऐसा न कहो साहेब," शिवमंगल ने झट हाथ जोड़कर सिर हिलाते हुए मेरी बात काट दी–"साहेब, आपके हियाँ ते हम पहले ही बहुत पाए चुके हन। पिछले हफ्ते मालकिन हमका बच्चागाड़ी औ कपड़ा-लत्ता दीन्हे हैं···औ दीपा बिटिया किताब, कापी, खिलौना सबै दीन्हे हैं, मुला आज तो हम इत्ता पाएन हैं कि साम्भलब मुसकिल है," यह कहते-कहते उसकी आँखें छलछला उठीं। उसके भावोद्वेग से स्पंदित रग्घू अवाक् और निश्चल खड़ा था।

"क्यों भाई, ऐसा कौन-सा खज़ाना मिल गया तुम्हें जो सँभाला नहीं जा रहा ?" मैंने पूछा और अबूझ भाव से उस संवेदनशील और कर्मनिष्ठ व्यक्ति की ओर ताका तो पाया कि माला और दीपा भी कम विस्मित न थे।

शिवमंगल ने उत्तर में कुछ कहना चाहा, पर उसका गला रुँध गया। गमछे की किनारी को आँखों पर रखकर उसने खुद को संयत किया, फिर भर्राए कण्ठ से कहा, "का पूछत हैं साहेब, आज हमका का मिला है हियाँ ते," और अपनी कटी हुई अँगुलियों को दिखाते हुए जोड़ा–"देखो साहेब, कल तक ई हाथ बेकार हाथ था, मगर आज यही हाथ हमका बहुत बड़ा भरोसा दिए है।"

मेरी प्रश्नवाचक दृष्टि उसके प्रदीप्त मुख पर स्थिर थी।

"हाँ साहेब," उसने अपने आधे पंजे को उलट-पलट कर देखते हुए कहा, "आज एहिके सहारे आपकी गिरस्ती जमाए का मिली, तो एही बहाने हमका भी धियान आवा कि हमहूँ कुछ कर सकत हैं–बेगारी, रोजनदारी छोड़िके अपना रिक्सा बंधाए सकत हैं औं कौनो दिन खपरैला बाँधिके अपनिहु गिरस्ती बसाए सकत हैं। कहो साहेब, जेहिका एत्ता बड़ा भरोसा मिलि जाए, ऊके लिए रुपया-पैसा का चीज है ?"

उसने सहज ही प्रश्न किया और एक निश्छल, संकोच-भरी मुस्कान छितरा कर जैसे उत्तर भी दे दिया, फिर पलटकर मस्त डग भरता हुआ रग्घू को साथ ले चला। हम लोग उसके पीछे गेट तक चले आए। गद्‌दी पर बैठकर पैडल मारने से पहले उसने मुड़कर हाथ लहराया।

सच शिवमंगल, पल-पल सिमटती हुई उसकी आकृति को ओझल होने तक देखता हुआ मैं उस भोले और गहरे इनसान से अशरीरी संवाद कर रहा था—सच शिवमंगल, तुमने किस उदारता के साथ मुझे छोटा होने से बचा लिया। जो निधि आज तुमने पाई है, उसका मोल भला मैं क्या जानूँगा ? उसे तो तुम्हीं जान पाओगे—तुम, जिसकी आँखों में बसे-बसाए घर का सपना है।

1993

झूला

"बइया-बइया, आज ना···मेले लिंतू लाजा का हैप्पी बल्थडे है। मेले धल में ना···धेल छाला थाना बनेदा ! थूब लोद आएँदे। आप बी आना···जलूऽऽल छे जलूल।"

चार साल की रीना के तोतले बोल घण्टियों से बजकर उसके कमरे के सूने फैलाव में फुलवारी सजा गए थे। यों वह समझता था कि उस अबोध उछाह की टहनी थाम लेना भूल होगी, फिर भी···। मति मारी गई थी उसकी जो वह उस धूमिल शगुन-संकेत की बाँह थामकर अपने सहज-शान्त जीवन की निजता से छेड़ कर बैठा था।

उसके कमरे के बाहर की दुनिया में खूब चहल-पहल थी। रीना की दोनों बहनों के जिम्मे ढेर सारा काम था, यह रसोई और नल के बीच का सफर तय करते उनके पाँवों की धमक और उनके संग चलते बरतनों की खनक से जाना जा सकता था।

उसका कमरा उनकी रसोई और नल दोनों से दूर, आँगन के अधबने हिस्से में था। कमरे के दोनों तरफ, भावी दिनों के रिहायशी हिस्से का ढाँचा छितरा पड़ा था—बुनियाद तक भरी दीवारें, घास की चादर ओढ़े कच्चा फर्श और खम्भों से झाँकते लोहे के जाल। गुड़हल के पौधों की घनी बाड़ के साथ अमरूद और पपीते के तीन पेड़ उसके कमरे और आँगन के बीच परदे का काम करते थे।

पढ़ाई, प्रतियोगिता-परीक्षाओं और ट्यूशनों का क्रम जारी रखकर रहते हुए उसे तीन साल हो चले थे। इतने अर्से के बीच मकान मालिक सूरी साहब से उसका परिचय रस्मी बातचीत तक सीमित रहा था। सूरी साहब का घड़ी के काँटों के साथ अटूट जुड़ाव था। सुबह साढ़े छह बजे फैक्ट्री के लिए निकलते और ओवरटाइम करके लौटने के बाद पार्टनरशिप में चल रही रेडीमेड कपड़ों की दुकान की राह लेते। कमरों या आँगन से उभरते उनके डबल एक्शन बुलंद खर्राटे उनकी मौजूदगी दर्ज़ कराते। हाँ, श्रीमती सूरी की अति स्वस्थ काया के दर्शन अधिक नियमित थे।

वे कभी हरी शाक-भाजी के ढेर के बीच, तो कभी ऊन की उलझी हुई लच्छियों से घिरी नज़र आतीं। उनके नमस्ते के जवाब में उनका दुहरी ठुड्डीवाला चौड़ा चेहरा हौले से उठता और अधरों पर एक नपी तुली और सपाट मुस्कान दिखाकर झुक जाता। इस तरह परिवार के चारों बच्चे–रोली, रीतू, रीना और रिंकू ही उसके लिए महत्त्व रखते थे। सबसे छुटका रिंकू सींकिया और घुन्नी दोनों किशोरी बहनों की तुलना में स्वस्थ और हँसमुख दिखता था। सुबह-सुबह खिड़की का परदा हटाने पर उसका घुँघराले केशों, चमकती आँखों और खिले हुए चेहरेवाला मनोहारी रूप, उसकी अटपटी चाल और अनूठी भावमुद्राएँ 'ठुमक चलत रामचन्द्र' वाले पद को सप्राण कर जाती थीं।

कालेज के लिए निकलते समय उसे अक्सर सभी बच्चे गेट के पास बिछे तखत पर बैठे दिख जाते। रोली और रीतू होमवर्क की नोट बुक पर झुकी रहतीं। रीना अपनी माँ की डाँट से बचने के लिए या बहनों के पास बैठने की शर्त पूरी करने के लिए किताब पकड़े रहती, पर जल्दी ही 'फाइव टू'ज़ा टेन' या 'मछली जल की रानी है' की टेक पकड़कर रिंकू को चपल भंगिमाएँ दिखाने लगती और इस कारण घुड़की जाती हुई दिखती। तखत के पास ही टिन शेड था, जिसमें तंदूर, चारपाइयों और कबाड़ के बीच उसकी साइकिल रखी रहती थी। साइकिल निकालने के पहले वह आदतन बच्चों के पास रुकता और यों ही पूछ बैठता–

"क्यों रीतूजी, आज स्कूल नहीं जाना ?"

"रीनाजी, आपने कोई पोयम छोड़ी भी है कि सारी याद कर डालीं ?"

"रिंकू भैया की गाड़ी कैसे चली ?"

जवाब में रोली और रीतू माँ की आहट लेकर आँखों में मुस्करातीं, रीना इठलाकर कविता के साथ पंचम पर पहुँच जाती और रिंकू मगन होकर स्कूटर चलाने का भाव दिखाने लगता। वह नन्हा कलाकार कहीं ईंटों के ऊँचे-नीचे फर्श पर भहरा न पड़े, इसलिए वह लपक कर उसे थाम लेता और सुरक्षित बिठाकर अपनी राह चल देता। तीसरे पहर या शाम को कालेज से लौटते समय भी उसे पूरा परिवार (श्रीमान सूरी के सिवा) रसोईघर के आगे बिछे महापलंग पर अपनी-अपनी व्यस्तताओं में गुँथा दिखता। श्रीमती सूरी उसे देखते ही पीठ फिरा लेतीं और उसे गैरमौजूद मानकर ठेठ पंजाबी में बतियाना जारी रखतीं, लेकिन वह यों जताए गए ठण्डे पराएपन का घूँट पी जाता और बाल-मण्डल में व्याप्त सहज, सुखद और आत्मीय भावनाओं की ऊष्मा सहेजने का कोई-न-कोई सुयोग सहेज लेता। इतवार या छुट्टी की सुबह जब वह कमरे का कायाकल्प करने, कपड़े धोने या साइकिल सेवा करने की गरज से बाहर निकला होता तो उसकी जुड़ाव-भरी ठहरी नजर मकानमालिक के जग का मुजरा लेती। सूरी साहब की पहलवान देह पाँचों जनों को पक्षी के विशाल डैनों की तरह समेटे दिखती। श्रीमती सूरी के तीखे-रोबीले संवादों, रोली-रीतू की पाठ्यक्रम सम्बन्धी संचित

जिज्ञासाओं के उत्तरापेक्षी आग्रहों और उन्हें भी हाशिए पर धकेलते रीना-रिंकू के अलबेले धारावाहिक कार्यक्रमों में रमने का प्रयास करते सूरी साहब की मुक्तिकामी दृष्टि उसके सहयोग का आश्रय खोजती। तब वह खुद को किसी अलिखित अनुबन्ध के आधीन पाकर वांछित दायित्व, अर्थात् रोली-रीतू की अटकी हुई गाड़ियों को चलाने का काम सँभाल लेता।···

अनमनी पढ़ाई करना बेकार समझ उसने किताबें समेटीं और दिनचर्या को पटरी पर लाने लायक मनोबल जुटाया। कैलेंडर के पन्ने और स्टोव पर एक साथ नज़र पड़ते ही छुट्टी के दिन वाली 'मगन' चाय का फ्लेवर उसके मूड में घुलने को हुआ, तभी प्याज और गर्म मसाले में रचे-बसे काबुली चनों के पकने की गन्ध ने उसकी भाव-तरंगों को चाय के प्याले से दूर छिटका दिया और भरी पूरी थाली के गिर्द घुमड़ने के लिए मुक्त कर दिया। एक अबूझ-से जुड़ाव की तृप्ति उसमें ताजगी भर गई और वह मन्द-मन्द गुनगुनाता नहाने की व्यवस्था देखने चल दिया। बाथरूम में झाँक कर देखा—उन लोगों का कोई बरतन वहाँ नहीं था। वह झट वापस आया और नहाने के सरंजाम सहित सीधे भीतर घुस गया। नल की धार को हाथ लगाते ही सिहरन दौड़ गई—बाप रे, कैसे नहाया जाएगा।

वह मन पक्का करके नहाने बैठ ही रहा था कि खीर पकने की खुशबू हवा के कन्धों पर बैठ बुलावा देने आई। पटरे पर बैठते-बैठते वह लटपटा गया। बदन पर पानी की छींटों के पड़े बिना ही उसे झुरझुरी चढ़ने लगी। तेज धड़कनों का लय में बँधकर संवाद करना सुनायी दे रहा था :

—क्या वे मुझे बुलाएँगे ?

—क्यों, तुमसे कोई नाता है ?

—फिर रीना क्यों आई थी ?

—बुद्धू, वह तो बच्ची है !

छोड़ो, अभी से क्या सोचना, पूरा दिन पड़ा है। अपने द्वन्द्व और ठण्ड, दोनों को झटककर उसने नहाना शुरू किया और आगत को संयोग पर छोड़ जल्दी-जल्दी सारा काम निपटाया। गीले कपड़े सुखाने के लिए वह अलगनी तक गया और वहीं थमक गया। आँगन के उनके वाले हिस्से से धुएँ की लकीरें उठकर ऊपर जा रही थीं। उनके घर गैस है, लेकिन आज तो चूल्हा जला है। इसका मतलब है कि···

उसने तेल लगाकर केश सँवारे और कुर्सी की गद्दी के नीचे जतन से तहाया हुआ धुला कुर्ता-पायजामा निकालकर पहन लिया। मन ताज़ा-हल्का और छुट्टी-त्योहार के मूड के साथ समरस हो उमगने लगा। वह देर तक दर्पण के आगे खड़ा रहा और खुद को निहारता हुआ बेबात मुस्कराता रहा। आँखें आत्ममुग्धता के प्रतिबिम्ब पर स्थिर थीं और कान दरवाजे की आहट पर सधे थे। वह रह-रहकर

चिहुँक उठता। शायद कोई आया है या आने को है। हाँ, अब कोई-न-कोई जरूर आएगा। वे किसी को भेजेंगे···या खुद···?

वह दर्पण के आगे था और प्रतिबिम्ब उसके भीतर बन रहे थे—उत्कण्ठा, अपेक्षा, प्रत्याशा, सम्भावना और आश्वस्ति के बहुरंगी प्रतिबिम्ब जिनमें अन्तिम सबसे पैना और चमकीला था। कम-से-कम सूरी साहब तो उसे नहीं भूलेंगे। न भी आएँ तो रोली-रीतू से कहला भेजेंगे, जरूर। आखिर वह उनके घर में ही रह रहा है। बच्चों को जब-तब पढ़ाता भी है। उन्हें पता है कि वह पहाड़ के अपने घर से इतनी दूर, निपट अकेला है···और यह तो वे समझते ही होंगे कि अकेला आदमी छुट्टी के दिन सिर्फ अपने लिए क्या-कुछ बनाएगा···और क्यों बनाएगा, जब घर में उत्सव की तैयारी चल रही है ? बस, कहने भर की कसर रह जाती है। उसे प्रतीक्षा करनी चाहिए।

ठीक है, उसने संतुष्टि के साथ गरदन हिलाई और दर्पण छोड़ दिया। नज़र खाने के बरतनों पर गई, जिन्हें उसने रात धोकर सूखने के लिए छितरा दिया था। उसने उन्हें करीने से सजा दिया और बाड़ की दिशा में कुर्सी पर पसर गया—पाँव फैलाकर, अलस बेफिक्री के साथ। नहीं, इस तरह बैठना भला नहीं लगेगा। अगर कोई बुलाने आ पहुँचा और उसे इस तैयारी के साथ बैठे देखा तो क्या सोचेगा ?

वह अन्दर चला आया और परदे के पार्टीशन को खींचकर पढ़ाईवाले रैक के आगे बैठ गया। प्रतीक्षा करते-करते क्या पढ़ा जाए, यह उसकी समझ में नहीं आया। 'हिस्ट्री ऑफ लिटरेरी मूवमेंट्स', 'प्रतिनिधि ललित निबन्ध' या 'पश्यंती' ? सोचने-गुनने के बीच उसने पाया कि वह बौड़म ही नहीं, पाखण्डी भी है। जिस कोमल अनुभूति की धुरी पर उसके बाहर-भीतर की हलचलें सुबह से चक्करदार सीढ़ियाँ चढ़ रही हैं, उसे घरनिकाला देकर वह वक्तकटी का ज़रिया खोजने में जुटा है। अपने में ऐसा भी क्या डूबना कि और कोई सुध ही न रहे—न कोमल और गहरी भावनाओं के तिर आने की, न उन्हें सहेजकर सुपुत्र तक पहुँचा पाने की।

एक अक्षम्य भूल करने से बच जाने की खुशी को दुलराता हुआ वह सूटकेस तक गया, जिसमें उसने तमाम यादगार चीजें, मूल्यवान पुस्तकें और प्रमाणपत्र वगैरह सँभाल कर रख छोड़े थे। काफी खोजबीन के बाद उसे लुभावनी तस्वीरोंवाली वे सभी पुस्तकें मिल गईं, जिन्हें उसने पिछली दुर्गापूजा पर सचल प्रदर्शनी से खरीदा था। उस आकर्षक भेद को पाकर निहाल होनेवाले बच्चों की मुखमुद्रा को कल्पना में सँजोये रखकर उसने सबसे अच्छी किताब चुन ली और उसे गिफ्ट-पैक करने बैठ गया।

काम पूरा करके उसने घड़ी देखी—सवा ग्यारह। और दिनों तो वह ट्यूशनों के लिए निकलते-निकलते दो कप चाय और एक बड़ा कटोरा दलिया ले चुका होता था, पर आज तो एक कप चाय के सिवा···। नौ बजे के बाद उससे भूखे पेट नहीं

रहा जाता था। न कोई कार्यक्रम बना पाता, न किसी काम में जी लगता उसका। उसे खुद अचरज था कि आज वह इतनी देर तक कैसे रुक पाया था। उसने संतोष अनुभव करते हुए अंगड़ाई और जम्हाई ली तो साँस के भीतर खालीपन लगा और सीने के नीचे चुभन-सी महसूस हुई। भूख का संकेत। नहीं, इतना अधीर नहीं होना चाहिए। आज तो खास दिन है। कितनी चीजें पक रही हैं। देर तो लगेगी। शुरू होते-होते कहीं डेढ़-दो बज जाएँ। हाँ, यह तो है..., लेकिन तब तक ?

मन में उधेड़बुन शुरू हो, इससे पहले ही वह उठकर अपनी 'रसोई' तक गया। दूध के बर्तन में दिन भर का स्टॉक था। उसने बाहर की आहट पर ध्यान रखकर ज्यादा दूध की चाय बना डाली और उसे दो रस्क के साथ नीचे उतारकर खालीपन और चुभन को शान्त किया। अब तन और मन, दोनों तरफ से सुविधा थी कि खाना शुरू होने की राह सुभीते से देखी जा सके। सो उसने बरतन वगैरह धो-समेटकर 'स्टडी' कर रुख किया और पुस्तकालय को लौटाई जानेवाली किताबों से नोट्स लेना शुरू किया। मुद्रित शब्दों की पगडण्डियों से होकर साहित्यिक महारथियों की जीवनयात्राओं, उनके समय की सच्चाइयों और उनके सरोकारों के साथ जुड़ने की उत्कट चाह उसे अपने साथ इतनी दूर, इतने ऊँचे ले गई, जहाँ से उसे अपने डेढ़ कमरे से बाहर की दुनिया के लोग और उनके कार्य-व्यापार अजाने-से लगने लगे। बीच-बीच में जो चीजें अपनी और पहचानी नजर आ जातीं, उनमें थी कमरे की खिड़की और उसके फ्रेम में अँट जानेवाली बगिया, झूलती हुई डालियाँ और क्यारियों में सजे गुलदस्तों की छटा। डालों से बिछुड़ी कुछ पंखुरियाँ हवा के साथ उसकी मेज तक आ पहुँची थीं। पढ़ने के बीच वह उन्हें देखता, सहलाता, मसलता, फिर नीचे फेंक देता।

गेट पर साइकिल की घण्टी बजी और उसके भीतर कहीं गहरे, बड़े जतन से रचे गए अबोले थिराव को तोड़ गई। घण्टी फिर बजी। इतवारवाले डाकिए का स्पेशल फेरा। शायद घर से चिट्ठी...। वह पढ़ाई छोड़ उठ गया। आँगन में बिछे खड़ंजे से अलग, कच्चे रास्ते पर चलते हुए, ताकि उन लोगों का ध्यान न खिंचे, वह गेट तक आया और यह देख कर कि डाकिया पड़ोसी घर के बन्द दरवाजे के आगे खड़ा है, 'नमस्कार' का विनिमय करके लौट पड़ा। इस बीच उसने कनखियों से काफी कुछ देख लिया था—उनके कमरों के आगे सजी हुई कुर्सियाँ, उन पर बैठे, बातों में डूबे मेहमान और उनके बीच डोलते-दौड़ते छोटे-बड़े बच्चे। गम्भीर बातों की गुनगुन और चुलबुली बोलियों की खनक आँगन में गूँज रही थी। तरह-तरह के व्यंजनों की महक उनके बीच से होकर सुघड़ गृहस्थिन-सी भीतर-बाहर डोल रही थी।

अपने बसेरे की तरफ मुड़ने से पहले उसने मेहमानों पर उड़ती नज़र डाली। कुछ तो अक्सर आनेवालों में थे, शेष उसके लिए अपरिचित थे, शायद विशेष रूप

से निमन्त्रित या अपने आप आ जानेवाले खास रिश्तेदार।

भीतर आकर उसने घड़े से पानी निकाला। सोचा, बार-बार उठने से अच्छा, एक ही बार में सब गटक ले, लेकिन दो घूँट पीते ही आँतों में कीलें खुभ गईं। जल्दी से गिलास रखकर वह चारपाई पर बैठ गया। पेट दबाकर दर्द से उबरने की कोशिश की तो आँखें भीग गईं। सोचा, आँखों पर हाथ रखकर पड़ रहे और प्रतीक्षा के तनाव को बेहोशी की सुन्न चुप्पी में घुल जाने दे, पर चाहे हुए के अचानक हो जाने की आशा ने उसे पहले-सा चैतन्य कर दिया और वह टॉमस हार्डी के सौन्दर्यबोध सम्बन्धी विचारों को सूत्रबद्ध करने के काम को समेटने के इरादे से फिर जम गया। अंग्रेजी साहित्यालोचना की धारा को वस्तुवादी दृष्टिकोण से समृद्ध करनेवाले उस अग्रगामी चिन्तक की मौलिक स्थापनाएँ उसे पार्थिव जगत् की सीमा से फिर दूर ले जाने लगी थीं, पर वह भाव-विन्यास देर तक स्थिर न रह सका। लोगों के हँसने-बोलने की आवाज़ों ने उसकी एकाग्रता भंग कर दी। आवाज़ें दम-ब-दम तेज़ होती हुई खिड़की के पास टिक गईं। उसने न चाहते हुए भी खिड़की का पर्दा ज़रा-सा हटा कर देखा। मेहमान थे, जो एक-एक करके नल की तरफ जा रहे थे। हाथ में पानी का जग लेकर रोली आगे-आगे चल रही थी। किसी की नज़र उस पर न पड़े, इस लिहाज से उसने पर्दा खींच दिया और अपनी जगह आ गया।

वह कुछ देर यों ही बैठा रहा। मन में सोच-विचार चल रहा था···हाँ, अभी वे लोग बहुत व्यस्त हैं। पहले मेहमानों को देखना होता है। थोड़ी देर पहले ही कितनी हड़बड़ी में तो खाना तैयार हुआ होगा। अब खिलाने-पिलाने में लग गए। कुछ और सोचने की फुर्सत कहाँ मिली होगी। उन्हें विदा करके ही··· । अपनी अधीरता के लिए खुद को झिड़क वह मुस्कराया और बचा हुआ काम पूरा करने चला, पर उसने पाया कि उसमें न तो शब्दों के बिखरे हुए मनकों को समेटने का उत्साह शेष रहा था और न विचारों के पक्षियों के फिर न लौट पाने की चिन्ता। शेष थी तो बस आँतों की कुलबुलाहट और व्यंजनों भरी थाली के आगे बैठने के बुलावे के बीच लगातार अनपुरी रही खाई। घड़ी की दोनों सुइयों को तीन के अंक पर चिपटे देखकर उसने किताबों और नोटबुक को समेट दिया और दिमाग को सारे विचारों और तर्कों से खाली करने की कोशिश में शिथिल होकर बैठ गया।

बैठे-बैठे उसे झपकी आ गई। पता नहीं कितनी देर उसे नींद आई होगी। नींद की बेहोशी में लगा, जैसे कोई दरवाजा खटका कर चला गया है। वह हड़बड़ाकर जाग उठा। नहीं, कोई नहीं था दरवाजे पर। बस एक गहरी खामोशी थी आसपास, हवा के झोंकों के साथ झूलती हुई डालियों की सरसराहट के साथ घुली मिली। उसने दरवाजे के पार से कुछ सुनने की प्रतीक्षा की। बेवजह उसके गले से बोल फूटा—'कौन ?' फिर उसे अपनी चेष्टा पर हँसी आई। भला उतनी दूर आँगन से उसकी 'कौन ?' का जवाब देने कौन आ सकता था, वह भी जबकि उसकी जिज्ञासा

पर कान धर कर किसी सयाने के ठिठकने का आसरा न था।

नल की तरफ बरतनों की खड़खड़ हुई और पानी की धार चली तो उसकी बेहोशी जाती रही। वह ऊँचाई से गिरा—धप्प् ! और निर्जीव-सा पड़ा रहा। कुछ आघात-घने पल बीते और वह हताशा को घूँटकर अपने सामने खुल चुकी सच्चाई से जुड़ गया। सबसे पहले खाली बाल्टियों का ध्यान आया, जिन्हें वह नल के पास रख आया था। वह बाहर निकल आया। आँगन में कोई नहीं था। धूप भी विदा हो चुकी थी। उसने आँखों और चेहरे को मलकर जोर की अंगड़ाई ली, फिर गुसलखाने की तरफ गया। दोनों बाल्टियाँ भरी हुई और ढकी हुई बाहर रखी थीं। भीतर महरी अपनी लड़की के साथ बरतन साफ कर रही थी। गौरैया के टूटे हुए पंखों को उठाने की तरह उसने बाल्टियों को उठाया और बिना इधर-उधर देखे पलट लिया।

कमरे के बीचोबीच वह निष्प्रयोजन खड़ा रहा, फिर गिफ्ट-पैक को सूटकेस में रखकर खूँटी पर से कपड़े उतार लाया। धुली हुई बनियान के लिए अलगनी पर नजर डाली, पर वह नदारद थी। वह उलझ गया। न जाने कब उसे कपड़ों को ठिकाने रखने की अकल आएगी। वह खीझकर कमीज पैंट को फटकने लगा तो उनके बीच से बनियान निकल आई। खीझ, मुस्कान में बदल गई और वह तैयार होकर आईने के सामने खड़ा हो गया। कन्धे को हाथ में थाम कर वह सोचने लगा, कहाँ जाया जाए ? पौने छह बजने को थे। पुस्तकालय खुल तो गया होगा, पर वहाँ इतवारवाली टी. वी. फिल्म चल रही होगी। वायुसेना मैदान ? उहूँ, कोई टूर्नामेंट भी नहीं हो रहा इन दिनों। पंत टी स्टाल ? नहीं भाई, वहाँ भी साढ़े आठ बजे के बाद जाकर रौनक लगती है, जब चुस्त और सजीले जवान 'मेस' से खाना खाकर स्टाल की बेंचों पर सजते हैं, बाजार की चहल-पहल का हिस्सा बनने के लिए। अभी से उस उजाड़खंड में जा बैठने से कितना वक्त कट पाएगा ?

अरे, अब हिलो भी। जहाँ सींग समाए, वहीं चलो। यहाँ कौन-सा मेला लगा है कि समय बिना बिताए बीत जाएगा ? अनिर्णय से उबरने के लिए उसने अपने झक्कीपन को खदेड़ा और एक झटके से चलने को तैयार हो गया। बाजार से कुछ जरूरी सामान लाने का विचार मन में आया। वह पैसे और थैला सँभालकर ताला लगा रहा था कि बिजली चली गई। वैसे जाती तो रोज थी घण्टे-डेढ़ घण्टे अँधेरा करने के लिए, पर आज कुछ जल्दी चली गई थी। छुट्टी की शाम बिता रहे परिवारों की स्थिति की कल्पना करते हुए उसने खिड़की-दरवाजे खोले और चुपचाप कुर्सी पर बैठ गया। अँधेरा होने पर भी इस तरह बैठना उसे राहत दे रहा था। कोई दोस्त, कोई अजनबी नहीं। कमरे में अकेला वह और उसकी कुशलक्षेम पूछ-पूछ जानेवाले ठण्डी-मीठी हवा के झोंके।

बाहर-भीतर घना अँधेरा था। कहीं किसी गतिविधि का आभास नहीं था। आँगन से रीना-दीपू के ठुऩकने की आवाज़ें और उन्हें घोंटती हुई कर्कश घुड़कियाँ उभर

रही थीं। गली के बाहर सड़क पर गुजरते किसी खटारा ट्रक की घुर्राहट…और चुप्पी का लम्बा अन्तराल। अन्धेरे में घड़ी की टिक-टिक के साथ बूँद-बूँद रिसता समय। समय की बूँदों को गिनते हुए भरा-पूरा दिन गुजार देना उसे कभी बहुत अच्छा लगा करता था, पर अब…, अब तो कुछ भी अच्छा लगना बीते कल के सपने जैसा हो गया था।

वह अँधेरे में कुछ देर यों ही बैठा रहा। उठकर करने को कुछ नहीं था, सिवा इसके कि रोशनी के लिए मोमबत्ती जला ले। उसने अंदाज लगाया, बिजली गए आधे घण्टे से ऊपर हो गया था। अब गई है तो जल्दी नहीं आनेवाली, उसने बेचारगी से सिर हिलाया। बाहर का चक्कर लगा आने का इरादा कमजोर पड़ रहा था। रोशनी करके कपड़े बदलना, चाय का पानी चढ़ाकर सांध्य-समाचारों के लिए बी. बी. सी. 'ट्यून' करना, रेडियो सुनते हुए खाना बनाना—उसने एक नियम के छोर से चलकर दूसरे नियम के सिरे तक का क्रम निश्चित किया, रोज की नियमितता और सहज मनोयोग के साथ।

कुर्सी से उठते समय सिर भारी लगा। बुखार भी जान पड़ रहा था। उसने सिर को थाम लिया, मानो दर्द को होने से रोक लेगा। सिर को पकड़े-पकड़े वह माचिस रखने की जगह तक पहुँचा। रोशनी करके उसने सबसे पहले ट्रांजिस्टर रेडियो उठाया और बी. बी. सी. के लिए जूझना शुरू किया। लेकिन वह इतनी जल्दी मिलनेवाला कहाँ था…? एक कोशिश और, उसने अपने से वादा किया। तभी बिजली आ गई। वोल्टेज ज्यादा था, सो बल्ब भी खूब उजाला कर रहा था। रोशनी ने उसमें जैसे चाभी भर दी और वह तेज-तेज काम निपटाने लगा। कड़क चाय तैयार करके उसने एक बार फिर रेडियो थाम लिया। बैंड-बाजों के शोर और बीसियों स्टेशनों के प्रसारणों के बीच परिचित वाचकों के जीवंत स्वर छानने के यत्न में उसने रेडियो को कान से सटा लिया और चाय के कप सहित विश्व की समाचार-गलियों के बीच से गुजरने लगा।

"बइया ! हम आ लहे हैं।" उस भीषण स्वर-संग्राम को जीतती हुई एक तोतली कूक उस तक आई। उस स्निग्ध और मधुर सम्बोधन को सुनते ही उसके भीतर से जैसे कोई दूसरा की व्यक्ति प्रकट हो गया। वह रेडियो छोड़कर उठ गया और दरवाजे की ओर लपका। चमचमाते गुलाबी फ्रॉक और फूलों वाले रिबन में सजी नन्ही रीना सामने खड़ी मुस्करा रही थी। उसके हाथों में एक छोटी-सी कटोरी थी।

"जे लो बइया," नन्ही कलाइयों को बढ़ाकर कटोरी आगे करती हुई रीना चहकी, "मगल जला छोते हो जाओ पेले।" सुनकर वह बरबस हँस पड़ा और घुटने मोड़कर उसके कद का हो गया। "बेली दुड !" खिलखिलाकर कहा रीना ने और चम्मच में खीर लेकर उसके होठों से लगा दी। "थैंक्यू," कहकर उसने रीना के गाल

थपक दिए। उस ठहरे हुए क्षण निर्मल और निर्बंध प्रेम में पगी दुनिया भर की मिठास और सुगन्ध उसकी झोली में सिमट आई। भोले मुख पर दमकती हुई आँखों में नाचते आह्लाद को अंजुरी-भर पीते ही अवसाद के बादल छँट गए। सारा कलुष धुल गया। सारा सोचा-समझा, बुना-गुना, भूल-बिसर गया। उसकी दुनिया बारह घण्टे के बेढंगेपन के बाद फिर अपनी धुरी पर घूमने लगी।

''···रीना उधर है, टीचर भैया के पास।''

''···चलो, उसे लेकर ऊपरवाले कमरे में खेलेंगे।

''···मम्मीजी से पूछा कि नहीं ?''

''हाँ भई, हाँ।''

''तो चलो···, रीना ऽऽऽ !''

कई जोड़े पैरों की धमक के साथ रीना की सहेलियाँ चहकती हुई दरवाजे तक आ पहुँचीं। रीना जाने लगी तो उसके मुँह से निकला, ''बच्चो एक मिनट।'' उसने इशारे से सबको रोक लिया, फिर मेज की दराज से टॉफियाँ निकालकर सबको बाँट दीं। ''थैंक्यू बइया !'' रीना ने निहाल होकर कहा तो सबकी-सब सुर मिलाकर चहकीं और चिड़ियों की तरह फुर्र हो गईं। वह दरवाजे पर खड़ा होकर परियों की टोली को ओझल होने तक देखता रहा। अपने हिस्से की खीर में साझीदार बनाकर तृप्ति और आनन्द पाने और लुटानेवाली दो नन्ही कलाइयाँ उसकी स्मृति में गलबहियाँ डाले थिरक रही थीं। उस स्नेहिल थिरकन का पोर-पोर रिसना देखने के लिए उसने आँखें मूँद लीं। वे भाव-भीगे पल बीते ही थे कि उसकी संवेदना धोखा देकर सम्बन्धों की गुँजलक तक ले गई। भेद-अभेद की तहें खुलने लगीं तो भरसक धीरज रखने पर भी रोएँ खड़े हो गए। एक कचोट-सी गले तक चढ़ी और आँखों में आँसू उमड़ आए। धीरे-धीरे होंठ फड़फड़ाए। वह तेजी से भीतर आ गया। आईने पर नज़र पड़ी तो देखा, वह फफक रहा था।

दो घड़ी ठहरकर उसने ज्वार को थम जाने दिया और पानी लेकर आँखों पर छींट दिया। अब वह बहुत हल्का और मुक्त अनुभव कर रहा था। न दर्द का असर था, न बुखार का पता। मन हो रहा था, भाग कर सड़क पर निकल जाए और पूरे दम भर ताजी हवा खींचकर दौड़ लगाए। वह खुश-खुश खिड़की-दरवाजा बन्द करने लगा। 'काके दा होटल' में खाना, 'हाईवे' पर पुल तक की सैर, 'पंत टी स्टाल' की दूधिया चाय, फिर मीठा पान दबाकर···, ताला लगाने तक वह उत्सव आयोजित कर चुका था।

वह चाभी नचाता हुआ गेट की ओर चला। उनके कमरों के दरवाजे भिड़े हुए थे। भीतर टी. वी. और गृहस्थी के मिलेजुले कार्यक्रम चल रहे थे। तखत पर रोली-रीतू सिर जोड़े खुसफुस कर रही थीं। उसे देखकर दोनों भीतर लपकीं।

वह गेट खोलकर साइकिल निकाल रहा था, जब श्रीमती सूरी हिचककर चलती

हुई पीछे-पीछे आईं। नकसुरी आवाज में उन्होंने ताकीद की, ''बेटा, जरा जल्दी लौट आना। आज खाना किया था न।···बच्चे-बड़े सब थके हुए हैं। दिन भर आना-जाना लगा रहा सबका।''

उसका मुँह कसैले स्वाद से भर आया। मन हुआ, पलट कर कहे–''थका तो मैं भी हूँ,'' पर विनय ओढ़कर बेपरवाही से बोला। ''अच्छा जी, कोशिश करूँगा जल्दी आने की, लेकिन···, बात यह है जी कि मैंने आज दोस्तों के साथ खाने का प्रोग्राम रखा हुआ है। लेकिन आप चिन्ता न करें जी, मैं ज्यादा देर नहीं रुकूँगा,'' और वह सीधा निकल गया। श्रीमती सूरी के चेहरे के रंगों को वह बिना मुड़े देख सकता था।

1993

●●●